D0959023

BAILARINA DE LA VIDA

Colección Impulso:
Novela

BAILARINA DE LA VIDA

Jessica Martin Tebar

© 2014, Jessica Martin Tebar
© 2014, Ediciones Oblicuas
info@edicionesoblicuas.com
www.edicionesoblicuas.com

Primera edición: febrero de 2014

Diseño y maquetación: DONDESEA, servicios editoriales
Ilustración de portada: Héctor Gomila
Imprime: ULZAMA

ISBN: 978-84-15824-68-8
Depósito legal: B-1041-2014

A la venta en formato Ebook en: www.todoebook.com
ISBN Ebook: 978-84-15824-69-5

EDITORES DEL DESASTRE, S.L.
c/ Lluís Companys nº 3, 3º 2ª.
08870 Sitges (Barcelona)

Impreso en España – *Printed in Spain*

Quisiera agradecer a mis padres y a mi hermana que siempre han estado ahí para mí en cualquier proyecto que emprendo y quienes escucharon horas y horas de lectura.

A Bernabé Rico, mi profesor de español, por inculcarme el amor por la literatura.

Igualmente a mis amigos, que siempre me han apoyado y quienes no se hartan de escucharme fantasear.

Índice

1. La gran cena

Aquella lluviosa tarde gris corrí hacia el parque con la mochi-la sobre los hombros, nada parecía tener importancia, ese día sólo existíamos la lluvia, mi llanto y la banca en la que me senté para tratar de darme un poco de consuelo. Permanecí ahí sen-tada, con el cabello y la ropa empapadas, con la mirada triste, cabizbaja, sumida en una inmensa depresión que sabía no po-dría soportar más; tenía que solucionar las cosas de alguna ma-nera, tenía que acabar con aquello que me estaba matando día a día, poco a poco, minuto a minuto de mi pobre existencia en una cruel sesión de tortura. Traté de recordar cuándo habían cambiado las cosas, cuándo había sido aquel momento, aquel instante en que todo había dejado de ser como yo lo había pla-neado, aquel fugaz día en que me había dejado de querer…

Mi cabeza daba vueltas sin cesar y no lograba compren-der cuál había sido la razón, dónde estaba el error, dónde se encontraba ese punto en el que había dejado de ver lo valiosa que era, ese punto donde lo más importante ya no era yo, don-de los ojos se volvían ciegos, la mente muda y el corazón corría sin ninguna atadura. Donde la cordura no existía y la dignidad había dejado de tener un significado, porque yo ya no era valiosa para el mundo, pero, sobre todo, porque ya ni siquiera tenía importancia para mí misma. Ese infernal día en que yo misma me había robado la alegría y me había arrancado las sonrisas del rostro para dar lugar a su paso tan sólo a lágrimas y temor, porque ese día había cambiado mi vida, ese día... Ese fugaz y remoto día... El día... en que me dejé de querer.

Caminé de vuelta a casa meciendo la mochila de los tirantes a cada paso que daba. Cuando llegué él no se encontraba en casa, por lo que decidí darme una ducha; me quité la ropa mojada y me preparé una bañera de agua caliente. Ver y sentir mi cuerpo me apenaba porque era muy delgado, parecía una pequeña lombriz escurrida, como él decía; tal vez era por eso que él me había dejado de desear, tal vez no lo satisfacía, tal vez no lo hacía feliz. Entonces él no tenía la culpa de estar enojado, tenía toda la razón de enfadarse y por lo tanto toda la razón de agredirme y haberme causado ese moretón en mi brazo. Tal vez yo debía cambiar, ser mejor para él, servirle mejor, hacerlo feliz, y dar las gracias por haber encontrado un hombre como él, un hombre que siempre me enseña cosas nuevas, que siempre ve por mi bienestar, pues en casa siempre hay algo que comer y nunca falta el dinero; un hombre que corrige mis errores y aunque a veces es un poco duro conmigo, y otras tantas un poco agresivo, creo que tiene que hacerlo, pues yo sólo obtengo lo que merezco: no existe una mejor manera de educarme.

Tal vez debería apenarme por lo que había pensado en el parque, por haber tenido la idea de escapar; a veces pienso que estoy loca, tal vez necesite ir con un psiquiatra, pues mis cambios de humor son muy repentinos, a veces pienso que debo alejarme de él, pero después me doy cuenta de mi gran error y sé que no encontraré a alguien mejor, que si está conmigo es una bendición, pues quién querría amar a alguien como yo...

Terminé de bañarme y estuve lista para preparar la cena, lo hacía todo con amor, con arrepentimiento por mis malos pensamientos de la tarde, donde me habían pasado por la cabeza mil locuras, como huir de casa, escapar para no volver a verlo jamás, tal vez ir a la policía, denunciarlo y librarme de él para siempre; pero todo eran locuras, todos esos pensamientos eran parte de esa inestabilidad emocional mía que vengo cargando desde pequeña. Tal vez debería haberle levantado un altar para agradecer su paciencia y su comprensión, por aguantar todas mis ocurrencias, mis cambios de humor, mis errores, mis tonterías, mis torpezas y «la falta de cerebro» como él decía. Lo único que podía hacer para compensarlo era portarme bien y darle todo lo que él quisiera, por lo que ese día decidí arreglarme, verme menos fea de lo que ya era, y aunque no podía hacer mucho por mi apariencia de lombriz y mi rostro de mosquito, la pintura siempre ayudaba. Escogí un vestido elegante, uno de esos que él me había regalado, color dorado, con hermoso escote que desgraciadamente yo no podía lucir, pero que sabía a él le gustaba. Dejé el peinado para el final y puse la mesa, todo estaba perfecto, su comida favorita, los platos de lujo, un poco de *champagne* y, para darle un toque romántico, unas velas en el centro; por último me peiné y me perfumé, me miré al espejo un par de segundos y nerviosa esperé su llegada. Estaba emocionada, esperaba que lo que había preparado le gustara, lo hiciera feliz, se sintiera bien y a gusto en su casa, porque sabía que a veces mi compañía no le era muy grata, que yo podía ser desesperante y aburrida, pues su inteligencia era mil veces superior a la mía. Esperé unos momentos más, a decir verdad con

13

un poco de temor, el temor que todas las noches sentía antes de su llegada, con la esperanza de que hubiera tenido un buen día en el trabajo y no llegara de malas.

Me paré junto a la puerta para recibir su saco, como ya era costumbre, con las pantuflas listas al pie del sofá, donde le quitaba los zapatos para que pudiera descansar; entonces llegó el momento, escuché el carro llegar y estacionarse, el ruido de las llaves entrando en la cerradura, y en mi garganta se hizo un nudo, apreté los labios y esperé a que la puerta se abriera con la ilusión, el deseo y la esperanza de que llegara de buenas. La puerta se abrió y él entró, mi cuerpo sintió un tremendo alivio, que expresé como un suspiro cuando me preguntó tranquilamente «Mujer, ¿qué hay de cenar? Entonces sabía que venía alegre, y debía tener cuidado en no enojarlo. Se quitó el saco y lo recibí, después lo llevé emocionada hacia la romántica mesa que había preparado y corrí a servir los rabioles, me senté junto a él, yo sonreía con alegría pero no me atrevía a decir palabra alguna, temía que mi voz fuera a molestarle, por lo que esperé a que pronunciara la primera palabra; ingenuamente esperaba un halago, que dijera que lo que había preparado con tanto amor estaba rico, que la mesa era linda o que ese día lucía menos fea que de costumbre, pero de su boca sólo salió «Mujer, apaga esas tontas velas y prende la luz, no soy ningún búho». Hice lo que me pidió con tristeza y fui por el guisado, me volví a sentar y se quedó mirándome. «No desperdicies tu tiempo arreglándote, que aunque la mona se vista de seda mona se queda». Permanecí callada hasta que terminó de comer y se retiró a ver la televisión, le quité los zapatos y luego le puse las pantuflas; entonces me decidí a hablar. «¿Te gustó?», le pregunté tímidamente mientras acomodaba una de las almohadas en su cabeza. «¿Qué?», preguntó sin siquiera mirarme, más interesado en los botones del control de la televisión que en mí. «La cena que hice especial para ti», contesté. Pero él pareció no escuchar, por lo que salí de la habitación y me dispuse a levantar la mesa y a lavar los platos, entonces sentí una caricia en la espalda y su voz que se acercó y me dijo suavemente al oído «Ya deja de hacer eso, florecita, y ven conmigo». No cabía en mi cuerpo de la felicidad que sentía; eso significaba que a pesar de todo le había gustado, pues aunque a veces era inexpresivo y seco, hacía mucho tiempo que no me llamaba así, y hacía mucho tiempo que no me permitía decidir si yo quería o no ir con él a la cama. Cerré los ojos con alegría y él me tomó por la cintura acariciando poco a poco mi cuerpo, oliendo el aroma de mi cabello y besando mi cuello, después mi pecho, comenzó a desabrochar mi vestido y yo intenté dejar sobre el fregadero los platos que traía en las manos para disfrutar de aquellos momentos al máximo, para poder darle lo mejor de mí, pero fue tanta mi emoción, era tanta mi alegría que los platos se me resbalaron de las manos y cayeron rompiéndose. «¡Mira lo que has hecho, inútil!», gritó él enfadado, yo lo miré con terror, sabía lo que estaba a punto de pasar; entonces me soltó una bofetada que me hizo inclinar el cuerpo. «¡No sabes cuánto costó esa vajilla! ¡Eres una idiota!», gritaba enojado al mismo tiempo que aventaba las sillas que se encontraban a su alcance. «¡Desgraciada infeliz, no sabes hacer nada bien! ¡Ven acá, perra!», gritó furioso y aventó la mesa mientras yo trataba de alejarme, de cubrirme. Entonces me tomó del cabello y me tiró al piso, recuerdo haber gritado de dolor. Pronto comencé a recibir patadas, todo eran gritos, esta vez realmente estaba rabiando. «¡Esa era la vajilla de mi madre! ¡Eres una puta! ¡Acaso nada tienes en la cabeza! ¡Debes de tener mierda!». Me arrojaba lo que encontraba a su paso y me siguió golpeando y gritando hasta que dejé de quejarme y no pude moverme más, eso fue lo último que recuerdo, porque al abrir nuevamente los

15

ojos me encontraba en una cómoda cama de hospital sin él a mi lado.

—Has despertado, Elizabeth. ¿Cómo te sientes? —me preguntó una enfermera regordeta de unos cuarenta y ocho años que se encontraba ahí.

—Adolorida —contesté tímidamente.

—Tu esposo estaba tan preocupado cuando te trajo que se pondrá feliz de verte despierta.

—¿Preocupado? —pregunté incrédula.

—Sí, no quería dejarte ni por un momento —contestó ella—. Los policías tuvieron que alejarlo para que te pudiéramos atender. Estaba furioso con el asaltante que te había atacado.

—¿Asaltante? —pregunté confundida.

—¿No lo recuerdas? No te preocupes, es normal, casi mueres, tuvimos que practicarte una cirugía de urgencia.

—No…, no lo recuerdo —dije temerosa tras unos minutos de silencio.

—Llamaré a tu esposo —me dijo ella alegremente y se retiró.

La palabra esposo me daba pavor, pasé saliva por la garganta y por un momento dejé de sentir el dolor del cuerpo con tan sólo pensar en su figura, en esa cruel figura, en ese malévolo rostro que me hacía sufrir. Tomé las sábanas con miedo y con cuidado me acurruqué en la cama deseando jamás haber despertado, porque el despertar me llevaba de vuelta a esa pesadilla a la cual no podía poner fin, esa pesadilla donde siempre estaba él, donde el eco de su voz me hacía temblar, donde el planchar su ropa o acomodar sus cosas era una aterradora tortura, pues equivocarme en lo más mínimo era castigado duramente, donde el hablar o incluso el pensar eran las peores cosas que podía hacer, donde cualquier objeto podía ser un arma bajo el yugo de su mano. Donde él era el dios, el juez y el verdugo y yo simplemente la acusada, acusada de cometer el espantoso crimen, el terrible crimen, el patético crimen de existir.

Él llegó como una hora después de que la enfermera se hubiera retirado, traía en las manos unas hermosas rosas rojas, con su elegante traje del trabajo, tan pulcro y refinado como siempre; entró junto con la enfermera y esbozaba una gran sonrisa en el rostro que yo sabía era falsa, se apresuró y me dio un beso en la frente colocando las flores sobre mis manos, entonces esperó a que la enfermera saliera de la habitación. «Lo siento, florecita», dijo tristemente, «sabes que hay cosas que me hacen enojar y sobre todo cuando se trata de objetos que pertenecieron a mi madre, esa vajilla es uno de los pocos recuerdos que tengo de ella y tú lo sabes», dijo acariciando mi mejilla. «¿Me perdonas, amor?», preguntó tomando mi cabello tiernamente. «En verdad lo siento…, pero es que a veces eres un poquito torpe y eso, añadido a que tuve un día estresante, me sacó de mis casillas, pero yo no quería lastimarte, es sólo que tú me heriste más a mí cuando tiraste esa vajilla con tanto valor sentimental», dijo él mientras yo permanecía callada y con miedo. «¿Me perdonas, florecita?». Yo moví la cabeza afirmativamente y él siguió hablando. «Un asaltante, eso fue todo, ibas caminando por la calle para comprar unas cosas cuando un asaltante te agredió», dijo sin dejar de jugar con mi cabello. «Yo llegaba cuando él salió huyendo y te dejó tirada frente a la puerta». No pronuncié palabra, sólo afirmé con la cabeza. «Sabes que te adoro, florecita», dijo al final, y me dio otro beso en la frente. «Ahora debo trabajar, permanece calladita como hasta ahora para que no me distraigas, chaparra», dijo tiernamente y sacó su *laptop* para ponerse a trabajar. Cuando se acercó la hora del final de las visitas, guardó su computadora y se sentó junto a mí, la enfermera entró a la habitación y le pidió que se retirara, él se despidió de mí con un beso en la boca y salió del lugar.

En cuanto se fue, las lágrimas comenzaron a salir de mis ojos, empecé a sollozar. A decir verdad estaba completamente aterrada, no quería volver a verlo, no quería que se me acercara, que me tocara, el simple recuerdo de su perfume me hacía estremecer, el tenerlo ahí junto a mí me daba náuseas del pánico que me causaba. Estuve llorando un rato sintiéndome atrapada, asfixiada, sintiendo que me encontraba en una celda de la que nunca podría salir, pero no de una simple celda, sino de una celda en la que me encuentro con mi depredador, acechante y sigiloso de cualquier movimiento de su frágil y tímida presa, que en cualquier momento caerá bajo sus garras para tener un sofocante y lúgubre final.

Me quedé profundamente dormida tras la visita y desperté a la mañana siguiente.

Pasó casi una semana desde ese día en que me había llevado flores y deseaba no tenerlo que ver otra vez, sin embargo llegó una tarde, esta vez con chocolates. «Apresúrate a recuperarte, mujer», me dijo con dulzura al darme los chocolates. «Hay montañas de ropa en la casa que esperan a que tú las laves, filas de trastes sucios, el piso está asqueroso, hay polvo por todos lados, y la cama lleva tiempo sin tender, y no quieres que tu hombrecito haga esas labores, ¿verdad? Ahora come los chocolates, que te vendrán bien, ya verás que tengo una sorpresa para ti cuando salgas de aquí». Se acercó a mí dándome un beso en la mejilla y me dijo al oído «Es una sorpresa encantadora, te morirás de la emoción cuando la veas». Se retiró después diciéndole a la enfermera que había tenido que hacer un viaje de negocios y por eso no me había visitado y que desgraciadamente estaría muy ocupado, pero que les encargaba mi cuidado para que yo pudiera recuperarme lo más pronto posible y volver a casa, pues me extrañaba mucho.

Dos días después recibí una visita que me supuso una gran alegría; se trataba de una vieja amiga que se había enterado de que estaba en el hospital. Ella llegó con unos panquecitos preparados a mano, los dejó en una de las sillas y se sentó al lado de la cama.

—Eli, ¿cómo te encuentras? —me preguntó preocupada.

—Asustada —fue lo único que pude contestarle y la miré con los ojos vidriosos, entonces ella me abrazó.

—Hay que denunciarlo, amiga —me dijo tomándome la mano, pero yo no contesté—. Anda, Eli, que ya has aguantado mucho.

—No puedo, no puedo hacerlo, es mi esposo —le dije en voz baja.

—No puedes seguir viviendo con miedo, además, mírate, casi te mata —me dijo aún más preocupada—. No puede ser que te dejes degradar por ese hombre

—Lo siento, a veces yo tampoco puedo creer cómo es que soy capaz de tanto.

—¡Pero es que ni siquiera lo amas! —exclamó desesperada.

—¡Claro que lo amo! ¡Es mi esposo!

—Te mientes a ti misma, sabes que lo haces. No lo amas, nunca lo amaste.

—¡Mentira! —grité enojada.

—Y aunque lo amaras, creo que tú vales más la pena, porque para poder amar a alguien debes amarte primero tú, y si tú te amas no te dejarías golpear.

—Tal vez no me amo… Tal vez lo amo más a él —le dije tristemente.

—Sabes que eso no es cierto.

—Él ha hecho tantas cosas por mí.

—¡Te engañas, Elizabeth; por favor, reacciona ya, cariño! —me dijo ella con desesperación.

—Tú no sabes qué es lo que siento por él, ni todo lo que me ha dado, por lo que te voy a pedir de favor que no te metas en mis asuntos

—No quisiera entrometerme…, pero es que si tan sólo pudieras aceptar la verdad, si tan sólo tuvieras un poco del valor que la Elizabeth que conocí tenía, te darías cuenta de muchas cosas. No quieras tener los ojos cerrados cuando sabes que no estás ciega. —Mi amiga trató de hacerme entrar en razón.

—No lo hago —contesté neciamente, aferrándome a mi idea.

—No quieras aparentar cosas que no son, Eli, porque sólo tú te perjudicas —me dijo tristemente.

—No lo hago —volví a contestar.

—No me gusta verte así, sabes que te aprecio mucho, que eres como una hermana para mí y verte así, sin poder aclarar tu mente, sin poderte hacer entrar en razón, me mata.

—Entonces vete —le contesté grosera.

—¿Es que acaso no lo entiendes? —me preguntó decepcionada—. Yo te quiero, Elizabeth, y quiero verte bien, sin que estés bajo el yugo de ese hombre tan cruel y… no sé cómo ayudarte.

—No necesito tu ayuda, Sandra. Gracias

—¡Pero mírate, Eli, estás aterrada!

Yo me puse a llorar aceptando lo que mi amiga decía, pero sin el valor para decirle que iba a denunciar a mi esposo. Se quedó un rato conmigo abrazándome y dándome consuelo.

Ese día por la tarde llegó el médico y me preguntó si estaba embarazada, pues tendrían que recetarme unos medicamentos

que causaban malformaciones en los bebés si la madre embarazada los consumía. Le dije que no, pero él insistió en hacerme unos análisis para corroborarlo, a lo cual finalmente accedí
y tal fue mi sorpresa cuando los resultados de los estudios fueron positivos. La enfermera llegó a entregármelos y alegremente me felicitó por la noticia, pero yo no me emocioné, lo
único que hice fue ponerme a llorar; yo no quería tener un
bebé, mi esposo no quería tener un bebé, me lo había dicho
desde hacía mucho tiempo, él iba a enfadarse tanto, iba a estar
tan molesto conmigo que ni siquiera quería imaginármelo, no
podía tener un bebé, él lo había prohibido, lo habíamos arreglado desde hacía mucho tiempo, había sido un pacto, no debía tener hijos…

    ¿Cómo se lo iba a decir? Era una tonta, ¡cómo había podi-
do embarazarme! Era una tonta que tenía mierda en la cabeza.
Lloré y lloré con la enfermera a mi lado tratando de consolarme.

    —No puedo tener un bebé —le decía llorando con tanto
sentimiento—. No puedo tener un bebé, él me matará. No puedo tener un hijo. ¿Cómo se lo voy a explicar? ¡Me va a matar!
¡Juro que me va a matar! ¡No quiero volver a esa casa! ¿Qué le
diré cuando vuelva? ¡Me va a matar! ¡Me va a matar! —excla-
maba llorando con terror sabiendo lo que me esperaba cuando
se lo dijera, la enfermera me abrazaba tratando de calmarme—.
Tengo miedo. ¿Qué voy a hacer? Estoy asustada, mi esposo se
disgustará tanto… —decía sin dejar de llorar, horrorizada, llena
de pavor por lo que él me haría cuando se enterara. La enfermera permaneció conmigo hasta que me calmé un poco y fue
entonces cuando preguntó con una voz dulce y comprensiva:

    —Elizabeth, ¿ese hombre te maltrata?

    Respondí negativamente con la cabeza y cerrando los ojos
comencé a llorar de nuevo recargando la cabeza sobre el hombro de mi nueva amiga.

—No sé cuándo pasó, al principio todo era una bella burbuja color de rosa, era tan tierno, tan romántico, tan atento, caballeroso y detallista; de su boca no salían más que halagos y cumplidos, escribía cartas y recitaba poemas, mandaba flores, chocolates y serenatas... En ese entonces todo era perfecto..., pero un día todo cambió —fue lo que le dije a la enfermera que permaneció ahí escuchándome con paciencia.

2. Mi pasado

Era estudiante del segundo año de preparatoria, una chica reservada y tímida. Siempre había sido así, o cuando menos desde que yo tenía memoria. Mis calificaciones eran variables, al igual que mi estado de ánimo: podía tener muy buenas notas cuando estaba contenta, pero de la nada podía estar triste y deprimida y mis notas bajaban mucho. Los maestros solían decir que tenía potencial, que era una chica inteligente, pero que mi inestabilidad emocional, mi timidez y mi inseguridad no me dejaban avanzar. Todos los días después de la escuela llegaba a casa y ayudaba a mamá a preparar la comida, a veces llegaba y ella no había regresado de hacer las compras, por lo que me apresuraba a poner la mesa, a hacer el agua y a limpiar y trapear lo que podía verse sucio para ganar tiempo y que todo estuviera caliente y listo para cuando papá llegara, pues de no estarlo, mi madre era castigada y a mí no me gustaba verlos discutir o pelear, no me gustaba tener que encerrarme en mi cuarto y ponerme los audífonos para fingir que todo estaba bien, pues mi madre me corría del lugar para protegerme de la furia de mi padre.

Desde que tengo memoria las cosas siempre fueron así en mi casa, todo eran gritos y cosas volando; en un principio sentía miedo, pero pensaba que todas las casas funcionaban de esa manera. Muchas veces llegué a esconderme bajo la mesa cuando papá llegaba enojado y sólo veía cómo levantaba la voz y mamá se asustaba mucho, después comenzaba a pegarle a mi mamita por algo que, según él, había hecho mal. Yo siempre traté de portarme bien, no quería que papá me hiciera lo mismo que a mamá, y la verdad es que le tenía mucho miedo, hacía las cosas de inmediato cuando él las pedía y trataba de hacerlas lo mejor posible, solía ser una buena niña para que él no se enojara, pero eso no evitó que papá me castigara prolongadamente durante toda mi estancia en su casa.

La primera vez que recuerdo que papá se haya enojado conmigo fue porque no quise comerme una sopa, tenía unos escasos cinco años, pero jamás olvidaré aquel día desde el cual jamás desprecié comida alguna, así pudiera estar podrida. Yo sólo dije que ya no quería más y papá me ordenó que me la comiera, yo no hice caso y tomé mi muñeca para irme a jugar, entonces papá se levantó molesto, pegándole a la mesa con los puños y se dirigió a mí, mamá trató de detenerlo con un temeroso movimiento de la mano, pero él la alejó con una cachetada diciéndole que él me educaría, que ella no tenía por qué meterse, y ella permaneció ahí parada y en silencio. Papá me quitó la muñeca y la arrojó al piso, me dijo que la comida no la regalaban y me sentó de nuevo, después tomó mi cabeza por atrás y la hundió en el tazón de sopa una y otra vez exigiéndome que me la comiera, que la comida no se desperdiciaba, cuando terminó de casi ahogarme en la sopa me levantó de la mesa jalándome de un brazo y me llevó a mi cuarto, ahí me recostó boca abajo sobre la cama y sacó su cinturón, un golpe fue suficiente, me quedé llorando en la cama, escuchando cómo papá regañaba a mamá por tener una niña malcriada. Después mamá fue a consolarme, llevaba mi muñeca con ella, se sentó a mi lado y me la dio mientras acariciaba mi cabello con dulzura. Desde ese día aprendí que no había que desobedecer a papá, mami me lo había dicho también, y cada vez que me sentaba, mis pompis me lo recordaban.

Cuando llegué a la preparatoria estaba cansada de mi casa, de mi padre e incluso de mí misma, pero no podía abandonar a mi madre, no podía dejarla sola con ese patán; en realidad yo la ayudaba en muchas cosas para evitar que papá se enfadara. Pero llegó el momento en que él se enojaba por cualquier cosa, cualquier motivo era pretexto para pegarnos, hasta llegó a hacerlo porque el tono de mi voz lo molestaba; entonces decidí dejar de hablar cuando estuviera en casa a menos que él me preguntara algo. Había soportado muchas cosas, tal vez estaba destinada a vivir así, el destino de todas las mujeres, como mi padre decía, y estaba dispuesta a seguir soportándolo por mi madre, pues muchas veces llegué a meterme en sus discusiones y era yo en vez de ella el objeto en el cual desquitaba su enojo. Muchas veces trataba de proteger a mamá porque yo era más joven y me costaba menos recuperarme de las palizas.

Uno de esos comunes, aburridos, tediosos y frustrantes días de mi vida, regresé de la escuela pensando en las clases de música que había recibido y que me habían fascinado, en la tarea que debía realizar y en lo que haría de comer ese día, relacionando la imagen de la comida, del comedor y de la casa con el temor. Apresuré el paso porque ya se me hacía tarde, pero mi sorpresa fue mayúscula cuando al entrar en la casa ya estaba mi padre en ella, no se encontraba solo sino que unos amigos lo acompañaban jugando barajas en la mesa. Me dirigí a la cocina para ver en qué podía ayudar a mi madre, y la encontré llorando, pensé que la había golpeado una vez más, pero ella lloraba por otra cosa. En cuanto me vio me abrazó, no me dejó ni siquiera guardar mi mochila de la escuela, y comenzó a llorar más; inquieta le pregunté qué le sucedía, pero no me quiso responder, me siguió abrazando y luego me dio un beso en la frente y escuché la voz de mi padre gritar «¡Asegúrate de que esa niña esté lista!». Mi madre lloró aún mas, recogió mi mochila, me tomó de la mano y me llevó a mi cuarto. Vacío como loca la mochila de la escuela sin importarle los cuadernos o las hojas que se arrugaban y empezó a sacar mi ropa, desesperadamente metía ropa a mi mochila, y cuando estuvo llena me la dio, me señaló la ventana y me dijo que huyera. Confundida me acerqué a ella, pero me empujó insistiendo en que escapara, que no tenía mucho tiempo, que debía salir y correr lo más rápido que pudiera para que él no pudiera alcanzarme. Intenté convencerla para que viniera conmigo pero ella no quiso; si ella me acompañaba entonces no podría entretenerlo y darme el tiempo de escapar. Todo era muy confuso, me rehusé a huir sino era con ella, y entonces él entró, mi padre… Le soltó una cachetada a ella reclamándole la razón por la que yo no estaba lista, y luego me tomó fuertemente por el brazo y me llevó a su habitación. Mi madre le suplicó que no lo hiciera, que ella estaba dispuesta a hacerlo en mi lugar, le prometió arreglarse lo mejor posible; pero mi padre parecía no escucharla, me aventó un vestido negro muy bonito y me pidió que me lo pusiera y que me arreglara, que me maquillara y me peinara. Yo estaba asustada, pero seguí sus instrucciones. «Hoy vas a convertirte en mujer», me dijo mi padre, volvió a tomarme por el brazo, lastimándome, y me llevó hasta donde estaban sus amigos preguntándoles si les parecía buena paga. Ellos rieron, pero afirmaron, por lo que mi padre me sentó en una de las sillas y los vi jugar cartas toda la tarde comprendiendo lo que pasaba y con la esperanza de que fuera mi padre el que ganara el juego. Al caer la noche el ganador me tomó de la mano y me llevó en su carro a un hotel. Esa fue la peor noche de mi vida… Al día siguiente me regresó a casa, me encerré en mi habitación y lloré toda la mañana. Fue entonces cuando comprendí por qué cuando los amigos de papá venían a jugar cartas y papá perdía, mi madre se desaparecía toda la noche, fue entonces cuando comprendí por qué papá insistía en comprar todos esos vestidos bonitos que mamá sólo usaba esos días de póker.

Ya no lo podía soportar más, no estaba dispuesta a hacerlo, pero no podía escapar sin mamá. Pero ella no quería hacerlo, tenía miedo, papá ya antes la había amenazado si ella se atrevía a escapar; aun así yo no estaba dispuesta a esperar la siguiente partida de póker, no estaba dispuesta a seguir soportando aquello: si mamá quería permanecer, entonces era su problema, porque ella así lo había decidido, pero yo no había elegido ni a ese padre ni esa casa en la que cumplía una sentencia, acusada por el simple hecho de haber nacido. Estaba sólo en mí decidir si quería seguir condenada o librarme de aquello, ya no dependía más de mi madre, mi vida no podía regirse en lo que ella había elegido para la suya, tenía que tomar un nuevo camino y hacer yo misma mi vida. Tomé mi mochila, metí un poco de ropa y fui a la alacena para coger unas latas y botellas, tomé mi libro de lectura favorito, los pocos ahorros que tenía y, dejándole una nota a mamá en su bolso, salí de mi casa con la idea de no volver jamás.

Con el dinero que junté tomé un autobús que me llevara lejos, lo más lejos para lo cual me alcanzaba, y a pesar de que me sentía culpable por haber abandonado a mi madre, también me sentí libre por primera vez. El viaje fue largo, pero el tiempo se me pasó muy rápido, cuando llegué a la estación de camiones estaba confundida y asustada, pero también entusiasmada, lo primero que hice al llegar fue sacar un periódico de la basura en donde busqué trabajo, cualquier cosa era buena para mí en esos momentos. Sin embargo en muchos pedían experiencia, sin contar aquellos donde requerían la mayoría de edad. Ese día dormí en una de las bancas de un parque esperando que el siguiente día fuera mejor, acudí a un lugar de comida rápida para ver si podía trabajar, pero como en todos los anuncios del periódico necesitaba la mayoría de edad. Fui a una agencia de autos, a varios restaurantes, y a tiendas donde veía que solicitaban empleados, pero en todos debía tener referencias, experiencia o la preparatoria terminada; por lo que de esa manera terminó un día más, y así pasaron varios hasta que terminé con las reservas que había tomado de la alacena y tuve que acudir a uno de esos hogares de gente de la calle a refugiarme de la lluvia y a alimentarme.

Por fin llegó el día en el que conseguí trabajo, era mesera de un pequeño restaurante, y aunque no me pagaban mucho, era suficiente para mí. Sabía que no debía dejar la escuela, pero el trabajo ocupaba todo mi tiempo, así que decidí tomarme un año libre en el que ahorraría para mi siguiente año de estudios mientras cumplía la mayoría de edad y buscaba un trabajo de medio tiempo que me permitiera estudiar.

La casa hogar para gente de la calle se había convertido en mi nueva casa, llegaba ahí a dormir y me encontraba con toda clase de personas, cada uno con su historia, con su propio pasado, con sus miedos y sus sueños, cada uno con una personalidad distinta y sus motivos específicos para dedicarse a lo que se dedicaban. Algunos lo hacían para sobrevivir, y otros para mantener a una familia. Por mi parte yo permanecía callada, mi historia no la conocían, me apenaba y me daba miedo revelar mi identidad por temor a que mi padre pudiera encontrarme. Comencé a acostumbrarme al lugar, a la gente, y aunque sabía que muchos de ellos no practicaban las mejores profesiones o las más decorosas, también había quienes tenían deseos de superación; todos eran mis compañeros o amigos y nunca había sido más feliz en toda mi vida. Muchas veces pensé en mi madre, en cómo la estaría pasando, esperando que mi padre no la dañara mucho, esperando que algún día decidiera partir, tomar la iniciativa tal cual lo había hecho yo y alejarse de casa, emprender una nueva vida, aunque fuera de la nada, pero una vida mejor, una vida que le diera alegría y no sufrimientos y tristezas, una vida que fuera realmente de ella y no una que pertenecía a mi padre. Otras tantas ocasiones tenía pesadillas, horribles sueños en los que despertaba sobresaltada o gritando, sueños en los que mi padre me encontraba y yo trataba de escapar pero me resultaba imposible, sueños en los que todos los días había partidas de póker, en los que mi padre me llevaba a escoger un vestido bonito como lo había hecho con mi madre en múltiples ocasiones, o tal vez aquellos en los que me ahogaba en la sopa o me tenían que llevar al hospital por una fractura de la cual estaba obligada a mentir sobre la causa. Sueños en los que mi padre se convertía en un gigantesco monstruo y nos perseguía a mi madre y a mí en un camino sin fin que sólo daba vueltas en círculos, sin salida, sin una escapatoria…

Por otro lado, en mi trabajo también hice amigos, fue en ese lugar donde encontré a la que sería mi mejor amiga, una muchacha dos años mayor que yo llamada Sandra. Sandra era una de las clientas frecuentes del restaurante donde yo trabajaba, una muchacha muy guapa que siempre desayunaba a la misma hora el mismo menú, yogurt con un poco de fruta. Uno de esos tantos días llegó con los ojos vidriosos e hinchados, al parecer había estado llorando mucho, ordenó lo de siempre, y cuando le llevé su platillo me hizo una extraña pregunta, me preguntó cómo me sentiría si después de trabajar arduamente un día no me pagaran. Tímidamente le contesté, y ella comenzó a platicarme cosas, era como si quisiera que alguien la escuchara.

Luego de esa primera plática siguieron muchas más, supe que tenía dos niños, una bebita de seis meses y un niño de tres años, ella me contaba lo dura que había sido su vida y lo mal que la pasaba con sus dos hijos, pues a pesar de que los quería mucho no podía dedicarles el tiempo necesario y los gastos en ellos eran muy elevados. Era por eso que ella había elegido esa profesión, era trabajadora sexual, pero la quería dejar cuando la situación estuviera mejor para poderse dedicar a sus hijos. A veces Sandra me decía que su trabajo era mejor remunerado que el mío, me decía que podía darme una vida mejor que la que tenía, e intentaba convencerme de cambiar de profesión, pero a pesar de que respetaba mucho su empleo y sabía las razones por las cuales lo hacía, lo que era digno de admirar, para mí no era un trabajo que me llamara la atención. Me resultaba algo bestial, idea que me había quedado desde esa noche después del póker. Así que no realizaría ese trabajo aunque me estuviera muriendo de hambre, antes preferiría estar muerta que revivir ese momento de mi vida con alguien más, eso me resultaba simplemente aterrador y repulsivo; claro que Sandra no conocía mi pasado. Ante mi renuncia a aceptar la profesión y enterándose de mi vida en la casa hogar, seis meses después de haberla conocido me dijo que ella necesitaba que alguien cuidara a sus hijos de noche cuando salía a trabajar. Me dijo que si yo quería podía ir a cuidarlos recibiendo a cambio un mejor lugar donde dormir. Acepté su propuesta y me mudé a vivir a su departamento, el trabajo era sencillo y llegué a encariñarme mucho con los niños.

Uno de esos días Sandra llegó disgustada, yo me encontraba con sus hijos cuando el niño de tres años comenzó a hacer un berrinche, no recuerdo exactamente el motivo, pero ella estuvo a punto de darle una nalgada a su hijo para que dejara de llorar. Yo la detuve, espantada cargué al niño y lo abracé lo más fuerte que pude recordando con dolor las múltiples ocasiones en que la mano de mi padre se levantó contra mí y contra mi hermano, recordé exactamente aquel día en que bajo esa mano vi morir a mi hermanito que tan sólo era un año mayor que el niño de Sandra, ese horrible día en que a Memo se le ocurrió ponerse a llorar cuando papá estaba borracho y mamá no se encontraba en casa, así que yo intenté callarlo con dulces, juguetes, la televisión, juegos, pero nada funcionó. Memo siguió llorando y provocó a papá, quien disgustado entró a la habitación y primero le dio una nalgada, lo que lo hizo llorar más, luego sacó su cinturón y con todas sus fuerzas lo agredió, yo intenté detenerlo, no podía dejar a mi hermanito solo con papá enfurecido, me colgué del brazo en el cual traía el cinturón para intentar detenerlo, pero una niña pequeña y delgada fue solamente como un mosquito que llegara a molestarlo. Papá me azotó contra la pared para quitarme de su camino, me golpeé la cabeza con el empujón y aterrada me escondí bajo la cama. Lloraba en silencio para que papá no me escuchara, deseando que parara de pegarle a Memito; nada parecía poder frenar la furia de mi padre, que comenzó a zangolotear a Memo exigiéndole que se callara, hasta que dejó de escucharse su llanto y papá regresó a su cuarto y se acostó. Yo no quise salir de mi escondite, estaba paralizada, había sangre en el piso y las paredes, y Memo estaba justo enfrente de mí, inerte sobre el piso con la ropa teñida de rojo. Mamá llegó unas dos horas después del incidente, vio a Memo y sólo lloró con su cuerpo entre los brazos sintiendo la frialdad de su piel y sabiendo que él ya estaba muerto... Pero entonces, aún con lágrimas en los ojos, me llamó con desesperación temiendo que algo me hubiera pasado, y yo salí de mi escondite directo a sus brazos. Ese día mami empacó algunas cosas y me tomó de la mano dirigiéndose con cuidado hacia la puerta, salimos de puntillas para no despertar a mi padre, pero yo tropecé y él salió, abofeteó a mamá, quien me mandó inmediatamente a mi cuarto, y esa fue la primera y última vez que mamá pensó en escapar después de pasar una semana en el hospital. Recuerdo haber visto policías y patrullas alrededor de mi casa en los días que siguieron, pero lo demás lo tengo muy borroso en la memoria.

Abrazaba al niño de Sandra con los ojos cerrados y conteniendo las lágrimas, repasando una y otra vez las aterradoras escenas de aquel trágico día, reviviendo la historia en mi mente; abrazaba a ese niño como si fuera mi hermanito, proyectando mi intenso deseo de haberlo podido proteger en aquel entonces. Sandra se tranquilizó después de mi actuación, tomó a su niño y me preguntó si estaba bien. Yo me senté y lloré, lloré todo lo que no había llorado, todo lo que la muerte de mi hermano me dolía, todo el coraje y el odio que a mi padre le tenía y toda la impotencia que sentía de no haber podido hacer algo por Memito.

La amistad con Sandra se hizo cada vez más fuerte, yo la ayudaba a ella y ella me ayudaba a mí en todo lo que podía, nos habíamos vuelto las mejores amigas, compañeras y una pequeña familia, y aunque el secreto de mi pasado seguía guardado y sellado solamente para mí, ella me consolaba cuando despertaba llorando por las noches sin importar si le contaba algo o no.

3. Un misterioso rescatador

Una de esas mañanas en que me levanté temprano y fui trabajar, saludé a mis compañeros con alegría de verlos, pero con una tonta idea en la cabeza, quería ir a ver a mi madre, comprarle algo con el poco dinero que tenía, abrazarla, decirle que estaba bien e incluso tratar de convencerla de que viniera conmigo, aunque yo sabía que no lo haría.

Pronto decidí que mi idea era una locura, me aterraba ver de nuevo a mi padre, sabía que si volvía no tendría la certeza de salir de nuevo de esa casa, y quedarme era volver a vivir el infierno que no quería ni recordar; sin embargo había algo que me llamaba: tenía que volver a ver a mi madre. Habían pasado casi dos años desde mi huida y tenía que hacer algo por ella; por lo que guiada por mis instintos, pensé en tomar el autobús esa noche y aprovechar el siguiente día, que era mi jornada de descanso, para ir por mamá y traerla conmigo. Hablé con Sandra para decirle que tenía que salir y que no podría cuidar a sus hijos ni esa noche ni la siguiente, y después tomé el primer autobús de regreso a casa. Todo el camino me mantuve despierta, pensando en que el tiempo había ya sanado mis heridas, que ya había madurado y que era capaz de enfrentar las cosas, que podía ayudar a mi madre y sentirme segura ante la figura que por muchos años me había aterrado. Conforme el tiempo iba pasando y me acercaba, comencé a sentir miedo… y a revivir mi pasado.

Por fin llegué a mi destino, sabía que en esos momentos mi padre debía encontrarse en el trabajo, por lo que caminé a casa con la esperanza de que mamá se encontrara ahí. Cuando llegué abrí la puerta con mi antigua llave, mamá se encontraba limpiando la mesa y en cuanto me vio entrar corrió a abrazarme, me dio no sé cuántos besos y me acarició el cabello con ternura. Me dijo que papá estaba trabajando, tal como yo lo suponía, pero que no tardaría en llegar. La detuve en sus labores tomándola de las manos y le pedí que huyera conmigo, pero ella sólo miró el piso con una expresión de tristeza y siguió haciendo sus cosas, la supliqué que me acompañara, le prometí una vida mejor, le prometí que yo la mantendría, que por el dinero no debía preocuparse, le aseguré que ella podría encontrar trabajo también, que tendría nuevos amigos, pero sobre todo que sería más feliz. Ella tan sólo negó con la cabeza, me dijo que quería a papá, que él había hecho muchas cosas por ella en el pasado y que no podía abandonarlo, que si él le levantaba la mano era porque ella se lo merecía, porque lo había hecho enojar y porque esa era la vida que una mujer debía llevar. Decía que había que serle fiel al marido, honrarlo, obedecerle y aguantarlo, porque para eso estábamos hechas la mujeres. Tras escuchar esas palabras le di un beso a mi mamita y la abracé fuertemente, después me dirigí hacia la puerta pensando tan sólo en volver a mi pequeño departamento con Sandra, pero entonces mi padre llegó. Se había hecho demasiado tarde y me vi envuelta de nuevo en mi peor pesadilla. Intenté correr hacia mi habitación para escapar por la ventana, pero mi padre ya me había visto, entró a la casa y me alcanzó en las escaleras, me tomó de un brazo y me jaló esbozando una gran sonrisa en el rostro, me abrazó por un instante, luego me dio un beso en la mejilla y me dijo que no debía escapar, que esa siempre sería mi casa y que él me quería mucho. Luego dijo que era hora de comer y mi madre corrió a la cocina y sirvió los platos en silencio, comimos escuchando las historias de papá, a las cuales no presté atención, pues por mi mente pasaban muchas cosas. Mi padre se comportó, realmente había sido sincera su sonrisa y su gusto al verme, y ese era el padre que yo conocía de los buenos tiempos, el padre que nos mimaba y nos quería, que siempre cuidaba de nosotros, y no él padre duro y cruel, aquel que bebía y desquitaba su furia con nosotros. Entonces podía comprender que mi madre quisiera siempre ayudarlo, que dijera que papá era lindo y que ella debía estar ahí para él en las buenas y en las malas. Entonces comprendí por qué mamá seguía con él, con la esperanza de que él dejara de beber y fuera el mismo de antes…, pero yo… no era de la idea de mi madre.

En la madrugada decidí que era el momento y salí de nuevo de casa, esta vez con la firme convicción, y no sólo con el pensamiento, de no volver nunca más. Llegué a casa de Sandra a la mañana siguiente y, como si nada hubiera ocurrido, me duché y fui a trabajar; definitivamente las cosas en mi casa no tenían solución, la única solución era lo que había hecho: escapar.

Ese día mi jefe me pidió que me quedara un turno extra, por lo que telefoneé a Sandra para avisarle de que llegaría un poco más tarde, pero que dejara dormidos a sus hijos sin preocuparse, pues yo llegaría poco después. Sin embargo ella me dijo que estaba cansada y que de todas formas no iría a trabajar esa noche. Salí ya tarde del restaurante, a decir verdad me quedé a ayudar en la limpieza y, cuando terminamos, ya era de madrugada. Me puse un abrigo y salí hacia casa cuando un hombre interceptó mi camino, me quitó el bolso y me acorraló contra la pared; intenté defenderme, pero él era más fuerte. Comencé a gritar y él me golpeó para después comenzar a besarme el cuello e intentar despojarme de mi ropa. Yo me defendía como podía, pero pronto estuve en el piso con él encima de mí; entonces, cuando pensé que ya todo estaba perdido, mi agresor cayó a mi lado inconsciente: otro hombre la había dado en la cabeza con un tubo. Este segundo hombre me ayudó a incorporarme, yo estaba confundida, sangraba y tenía la ropa desgarrada por haber intentado defenderme. El segundo hombre se quitó rápidamente el saco y me cubrió preguntándome si me encontraba bien. Yo le dije que sí y comencé a caminar distraídamente hacia mi casa, estaba todavía en *shock* cuando él me tomó por el hombro y se ofreció a llevarme a casa. Me subí a su camioneta todavía confundida y él me preguntó mi dirección, todo pasó muy rápido, y cuando caí en la cuenta me encontraba en casa: yo en pijama recostada sobre el sillón y Sandra a mi lado.

—¡Vaya susto que me has pegado, Eli! —exclamó ella al verme despierta—. Cuando llegaste a casa estabas como loca, murmurabas algo de tu padre sobre un vestido negro y de un juego de cartas, nada tenía sentido. Pero qué bueno que ya despertaste, afortunadamente me quedé hoy en casa. Pensé que ese hombre te había lastimado y estuve a punto de llamar a la policía, pero las cosas se aclararon antes de que lo hiciera. Tuviste suerte de encontrarte a aquel buen sujeto que bien pudo abusar de ti —me contaba Sandra mientras yo recordaba sólo fragmentos de lo que había pasado—. Ahora que has despertado y te veo bien, creo que voy a dormir un rato. Por cierto, el muchacho que te trajo dijo que si necesitabas algo o si te sentías mal te dejaba su teléfono, que él era abogado y que tenía varios amigos médicos que te atenderían sin ningún costo, está sobre la mesa en una tarjeta que te dejó. Ahora descansa y trata de olvidar lo ocurrido.

Sandra se fue a dormir y yo me quedé pensando en lo que había ocurrido, no recordaba el rostro de aquel hombre bondadoso que me había salvado, tenía sólo vagos recuerdo de su silueta quitándose el saco para prestármelo y abriéndome la puerta de una camioneta negra.

Al día siguiente me desperté con sueño y adolorida, fui a trabajar pensando en lo patética que era mi vida, pues me había librado de mi padre para que un extraño viniera a querer violarme, pero también pensaba en lo afortunada que era por haberme encontrado a esas horas de la madrugada a un buen hombre que me ayudara. Definitivamente debía contactarlo, debía agradecerle su generosidad conmigo; era necesario que conociera el rostro de mi salvador, por lo que al llegar a casa buscaría la tarjeta para llamarle.

Estuve trabajando toda la mañana con la idea de decirle a mi jefe que no podía volver a quedarme tan tarde. Sin la más remota idea de cómo iba a expresárselo sin que se molestara conmigo. Hacía las tareas de un día normal: atendía a los clientes y limpiaba las mesas. Entregué la carta a un cliente que acababa de llegar y después tomé su orden, cuando le llevé el platillo él me llamó por mi nombre y me preguntó cómo me encontraba, yo me quedé sin palabras y sólo lo miré: era un chico apuesto que se veía refinado, de facciones finas, pero varoniles, vestía un elegante traje negro. No logré reconocerlo, no había visto a alguien así antes, por lo que al ver mi rostro confundido me dijo que Sandra le había dicho dónde trabajaba y que había ido a buscarme para ver si me encontraba bien después de lo que había sucedido la noche anterior. Entonces lo supe, me sonrojé, ese apuesto muchacho era mi salvador, sin saber qué decir le di las gracias, y, cuando terminó de comer, le mandé un postre a mi cuenta en muestra de mi agradecimiento. Él simplemente me dirigió una mirada coqueta y rió probando lo que le había ofrecido. Regresé a casa contenta y le conté a Sandra lo ocurrido, ella definitivamente aceptó que el muchacho era bien parecido y que parecía ser una buena persona, pues había platicado un rato con él antes de darle la dirección de mi trabajo.

Los días pasaron y mi héroe siguió visitándome al restaurante, intentaba platicar conmigo, pero yo me apenaba mucho y me limitaba a responder a sus preguntas y a hacer mi trabajo. Un muchacho de su categoría y tipo no podía estar fijándose en alguien como yo, y no quería hacerme ilusiones; pero un día, cuando llegué a casa, Sandra me abrazó emocionada y me dijo que él había venido a regalarme unas flores. Efectivamente había unas hermosas rosas rojas sobre la mesa, envueltas con un hermoso papel blanco y una tarjeta en ellas. Excitada, mi amiga las tomó y me las dio, pero yo no las recibí, me di vuelta y salí de la casa a toda prisa. Sandra salió detrás de mí preocupada, yo le dije que no volvería a casa si esas rosas seguían ahí, entonces tras sus llamados me detuve y comencé a llorar. Odiaba las rosas tanto como odiaba mis cumpleaños, y odiaba mis cumpleaños tanto como odiaba a mi padre. Las rosas sólo me traían malos recuerdos: cuando era pequeña, siempre que había rosas en casa también había moretones en el cuerpo de mamá, cuando mi hermanito murió papá le compró rosas a mamá para consolarla. Las rosas eran heridas en mi alma, las rosas eran esas bellas flores traicioneras que podían verse hermosas, pero que tenían espinas que lastimaban. Esas flores me recordaban a papá, quien a ratos podía parecer el mejor padre del mundo: enfrente de la gente era la flor, pero en casa a solas no era más que el tallo con espinas. Sandra intentó consolarme, regresó a casa y tiró las rosas después de que le conté mis razones, dejando sólo la tarjeta volteada sobre el sofá. Me dijo que la había guardado, pero que no sabía qué tan conveniente era que la leyera, y se fue a arreglar para su noche de trabajo. Cuando mi amiga se fue yo les di de cenar a los niños y los acosté, cuando estuvieron dormidos y yo me disponía también a dormir, tomé la tarjeta y la leí.

«Parece que es imposible tener una conversación contigo mientras trabajas, por lo que me preguntaba si tal vez quisieras ir a cenar mañana, yo pasaría por ti a tu casa a las ocho y media. Espero aceptes, florecita».

Intenté dormir, pero sólo pude dormitar esperando con impaciencia la hora en la que llegaría Sandra para pedirle su opinión al respecto. En cuanto escuché la puerta me levanté emocionada para recibirla. Sandra se dirigió a su cuarto a cambiarse mientras yo empezaba a hablar, le leí primero la nota y ella me sonrió.

—Soy muy curiosa, amiga, te voy a ser sincera, ya la había leído antes —dijo ella mientras se recostaba.

—¿Entonces qué opinas? —pregunté impaciente.

—Es un muchacho apuesto y agradable, no estaría mal que lo conocieras —respondió ella bostezando.

—¿Crees que esté interesado en mí de verdad?

—No te hubiera ido a ver tantas veces al restaurante sino le interesaras, Eli, y menos si no platicabas con él. Creo que le interesas bastante, de otra forma te hubiera dejado de buscar, no sería tan insistente.

—¿Entonces qué opinas? —pregunté, pero Sandra no contestó, se había dormido—. ¿Sandra? —le hablé moviéndola.

—Mande —dijo abriendo los ojos adormilada.

—¿Qué opinas?

—Ve con él amiga, distráete un rato, conócelo, parece un buen chico, además es apuesto y trae buen carro, si no te interesa podrías sacarle provecho.

—¿Provecho? —pregunté incrédula—. Yo no soy así Sandra.

—Nada tiene de malo, Eli, a veces cambias unas cosas por otras; además es guapo el muchacho, no tienes que perder.

Con esas últimas palabras cerré los ojos y me quedé acostada en la cama de mi amiga, pero pensando aún en la cita, en lo que me pondría, en cómo me maquillaría y en las cosas interesantes que podría contarle.

Al día siguiente me levanté temprano con la intención de escoger un bonito vestido para mi cita, me puse el primero y al mirarme al espejo lo sentí un poco informal; me probé otro color verde y lo sentí un poco justo; me puse una falda y me sentí muy descubierta. Mi forma de ser era un poco más seria. Sandra me veía y se reía mientras le daba de desayunar a sus niños, y tras unas ocho vestimentas distintas, entre las que estaban la ropa que Sandra me había regalado y otras cuantas prendas que yo había comprado, ninguna me gustó porque con algunas me veía muy delgada y con otras, muy gorda. Sandra sacó de su clóset un bonito vestido color rojo escotado, me lo probé y me pareció perfecto; lo planché y lo colgué pensando en los zapatos que usaría, pero Sandra hábilmente me trajo unos de tacón alto del mismo color del vestido que lucían muy bien. Salí para el trabajo ya un poco tarde por el ajetreo de la mañana y todo el día esperé nerviosa sin dejar de pensar en qué podría platicarle a aquel chico apuesto con el que saldría por la noche; todo el día estuve distraída y ansiosa, miraba el reloj cada media hora como si esperara que el tiempo corriera más aprisa, y entonces llegó el momento, salí corriendo del restaurante hacia mi casa para que me diera tiempo de arreglarme, dejé mis cosas sobre el sillón y me puse el vestido y los zapatos. Sandra se encargó del peinado y del maquillaje, y cuando estuve lista me paré frente al espejo mirando mi figura. Mi cuerpo era esbelto y entallaba muy bien el vestido, y aunque hubiera preferido unos tacones menos altos por la buena estatura que ya tenía, esos lucían bonitos. Mi cabello negro y rizado caía sobre mi espalda enmarcando mi moreno rostro, dándole un toque sensual a mis verdes ojos; el maquillaje resaltaba lo mejor de mis facciones, todo era tan perfecto que ni yo misma me reconocía tras aquella mágica transformación en la que Sandra había sido mi hada madrina. Todo estaba casi listo, entonces Sandra me puso sobre el cuello un collar de perlas para darle vista al escote y me prestó los aretes y el anillo del juego, luego me miró y me dijo que me veía estupenda. Esperé nerviosa sentada en la sala, pensaba en si había hecho una buena elección con el vestido que me había puesto, en si mi apariencia era adecuada o si iba bien arreglada.

Él llegó exactamente a la hora que había dicho, sin un minuto más ni un minuto menos, se bajó de su bonita camioneta negra y tocó el timbre. Al oírlo mi estómago dio un vuelco por el nerviosismo, que traté de calmar con un suspiro. Entró con un hermoso ramo de rosas y luego me acompañó al vehículo. Tanto él como su camioneta estaban exquisitamente perfumados. Unos hermosos bucles rojos caían sobre su rostro blanco dándole un aire de alegría a sus ojos grises, y la camisa negra que llevaba le daba un toque de elegancia a esas risueñas pecas en sus mejillas. Nos alejamos de allí para llegar a un lujoso restaurante lleno de candiles y de velas que le daban un aire de romance al lugar. Los meseros iban todos de traje, parecía que escoltaban las mesas, siempre parados al lado y atentos a cualquier cosa que se nos ofreciera. Todo era muy diferente al restaurante donde yo trabajaba, los violines se escuchaban ligeros y las mesas tenían unos hermosos manteles blancos bordados con pequeños alcatraces. Pronto nos sirvieron unas copas de *champagne* y nos trajeron la carta, todos los platillos parecían extraños, pero sonaban suculentos, tanto que no sabía cuál escoger. Al momento de ordenar le pedí que me recomendara algo, platicamos de un sinfín de temas esa noche, él podía hablarme tanto de política como de historia o de literatura, el uso del lenguaje que tenía era muy educado, pero también me hacía reír y sentirme como una reina. No tenía que pensar las cosas dos veces para que él se me adelantara a lo que quería, era muy atento y estaba al pendiente de todo lo que me faltara; era como si me leyera el pensamiento. Jamás había conocido a alguien como él, era exactamente ese tipo de hombre que toda mujer anhela, ese tipo de hombre que me hubiera gustado que mamá conociera. Esa noche me llevó a casa después de la cena y yo dormí como si estuviera hechizada por su mirada.

Al día siguiente, cuando salí nuevamente de trabajar, lo vi fuera esperándome. Me dijo que no tenía planeado pasar a visitarme sino hasta el día siguiente, pero que no podía con las ansias que sentía de volver a verme y me pidió que fuéramos al parque, aunque fuera por un helado. Acepté su propuesta y la verdad es que pasé una tarde increíble, reíamos de todo como si el mundo estuviera ocupado sólo por nosotros dos y no podía pensar en otra cosa que no fuera él. A partir de ese momento los regalos fueron más constantes, a veces los dejaba en mi trabajo, a veces en casa, y poco a poco me fueron gustando las rosas. Poco a poco esa idea que tenía de ellas de mi niñez fue transformándose y podía verlas desde una faceta distinta; las rosas en este caso y para la mayoría de la gente significaban amor y no tortura.

4. Malas acusaciones

El horrible día de mi cumpleaños llegó. Odiaba esa fecha porque era el día en que me habían dado un lugar sobre la tierra, un lugar que no me gustaba, en una casa que no me gustaba: con el papá más cruel del mundo. Cada vez que era mi cumpleaños reclamaba el motivo de mi existencia y recordaba con dolor todos mis anteriores cumpleaños, llenos de dolor y sufrimiento. Cumplía diecinueve años y ese día no quise ir a trabajar. Le pedí fiesta a mi jefe y salí a caminar. Recordé que ese día constituía todo un ritual en el pasado, ritual al que mi padre llamaba maduración. Me levantaba muy temprano y mi padre medía mi estatura para comprobar si había crecido con respecto al año anterior; pero aunque lo hiciera, mi padre nunca estaba conforme, decía que tenía que ser una mujer alta para ser atractiva y si no estaba a gusto con mi nueva estatura me obligaba a comer hígado crudo durante una semana para que me ayudara a crecer lo que no había crecido durante todo el año según él. Después tomaba mis muñecas favoritas y las quemaba, decía que cada año debía tener una mentalidad diferente, que debía madurar y no tener ninguna clase de apegos. Eso me dolía mucho, más que comer hígado toda la semana: ver mis muñecas favoritas, que con tanto ahínco peinaba, vestía y cuidaba, en las brasas, me partía el corazón. Lloraba en silencio en los brazos de mi madre y después mi padre encendía un cigarrillo, me sentaba en sus piernas y me preguntaba cuántos años cumplía. El número de años cumplidos era el número de veces que me quemaba con su cigarrillo en los brazos diciendo que la vida era dura y que tenía que aprender a ser fuerte. Por último me llevaba al parque a jugar un rato, me cantaban *Las mañanitas* y partíamos el pastel, luego me compraba un juguete que era para mí una sorpresa que no me daba hasta llegar a casa.

Estuve caminando ese día toda la mañana, pensando, reflexionando, haciendo memoria de lo que mi padre hacía y cómo yo creía que todo aquello suponía una enseñanza por su parte y que era necesario seguirla para poder obtener un final feliz en el parque, con pastel, globos y un gran regalo. Cuando regresé a casa, el chico con el que había estado saliendo se encontraba en su camioneta esperándome fuera de mi casa, me dio un abrazo de cumpleaños y me dio un ramo de rosas y unos chocolates. Lo invité a pasar y cuando entré, sobre la mesa, había un pastel muy grande con adornos de flores y hermosas letras que decían FELICIDADES, ELI y un regalo envuelto con hermoso papel plateado y un gran moño rojo. Me dijo que había ido a buscarme al trabajo, pero al enterarse de que no estaba allí se había dirigido a casa, y después de hablar con Sandra y dejar el pastel y el regalo sobre la mesa, decidió esperarme fuera para darme una sorpresa. Sandra también me dio un regalo y después él me invitó a salir, dijo que esa noche haríamos algo diferente: no iríamos a cenar a uno de esos tantos restaurantes lujosos que él solía frecuentar porque esa noche era muy especial por ser el día en que Dios había bendecido al mundo con mi nacimiento; su halago me hizo sonrojar. Me dijo que me pusiera algo elegante porque iríamos a un concierto de sinfónica. Me arreglé lo mejor que pude y salí a su encuentro, se me quedó mirando, me observaba completita con unos ojos dulces, como nadie me había mirado, me tomó la mano bajando las escaleras y la besó educadamente.

—¿Estoy en el cielo? —me preguntó—. ¿Acaso estoy muerto? —Yo sólo sonreí—. Creo que sí estoy en el cielo —afirmó él— porque estoy viendo ángeles.

Entonces subimos a su camioneta y nos dirigimos al teatro. Cuando llegamos, la gente buscaba sus lugares, todos iban bien vestidos y se veían bien parecidos; a decir verdad me sentía fuera de lugar, nunca había estado rodeada de gente tan formal y tan guapa. Me sentí extraña, pero a pesar de todo estaba alegre porque él estaba a mi lado. Cuando todo comenzó no podía tener los ojos más abiertos de la emoción, mis oídos estaban teniendo un orgasmo musical. ¡Qué cosa más hermosa! Quedé impresionada, anonadada de la perfecta armonía de las notas en el concierto, todos los instrumentos unidos en un mismo segundo, en un mismo instante, que juntos hacían lo más melodioso que jamás hubiera escuchado en mi vida. Era completamente un éxtasis, podía distinguir con facilidad las voces de cada uno de los instrumentos quedando fascinada ante tal esplendor. Veía con admiración a cada uno de los fantásticos y experimentados músicos tocando con fervor y con ahínco, cada uno abocado sólo a su instrumento, concentrados en no cometer el más mínimo error que pudiera arruinar el deslumbrante espectáculo. Sin embargo había uno que llamó mi atención: la pasión, le elegancia y la fineza de los movimientos del director de la orquesta eran espectaculares, él debía poner atención a cada uno de los instrumentos, ser el guía de todos y cada uno de ellos, él era el responsable de tan hermosa armonía que mis oídos escuchaban. Este hombre dirigía con tanta firmeza

45

y pasión que no podía creerlo, era realmente digno de admirar, un trabajo impresionante, él y su orquesta eran algo inigualable.

Cuando el concierto terminó yo estaba muy contenta. Aún emocionada y con los pelos de punta ante tal hermosura, Miguel Ángel tomó mi abrigo y me tomó de la mano para salir del lugar. Al llegar a la puerta me lo puso y nos dirigimos a su camioneta para volver a casa, pero a medio camino cambió su rumbo y me dijo que quería llevarme a un lugar que le gustaba mucho antes de regresar. Platicamos un rato durante el camino, él se veía más serio que de costumbre, pero no dejaba de mirarme con esos ojos que tanto me gustaban, esos ojos en los que veía su iris brillar, y con esa sonrisa tierna con la que me elogiaba.

Pronto llegamos al lugar, hacía frío, la luna estaba en su apogeo y las estrellas iluminaban el paisaje sombrío de aquel cerro; comenzamos a subir por unas escaleras que parecían maltratadas por la naturaleza y llegamos hasta un mirador. Él se acercó a la orilla y tomó mi mano para que me acercara también.

—Este lugar puede parecerte extraño —dijo frotándose las manos con nerviosismo— y más a la mitad de la noche, pero era algo que quería mostrarte —dijo aclarando la garganta—. Me gusta porque desde aquí es como si viera todo lo que a mi alrededor está, es como si me encontrara en un punto intermedio entre el cielo y la tierra donde todo es paz. Este lugar es el cofre de mis secretos, el que guarda mis alegrías y mis tristezas, es testigo de mis lágrimas y de mis sonrisas, es el fondo de mis pensamientos y mi eterno confidente —dijo mirando las luces de la ciudad que nos rodeaban, entonces volteó y me tomó de las manos—. Este lugar representa lo más profundo de mi corazón y lo más bello de mi alma, dos obsequios que me gustaría entregarte por completo si tú me lo permitieses. —Entonces sin dejar de tomar mis manos se hincó frente a mí—. Elizabeth… —dijo con nerviosismo y temblando un poco—. Elizabeth, quiero ser el caballero que custodie tus sueños, ese caballero que vele por tus anhelos, el guardián de tus pensamientos, el cofre de tus risas, el mar que se lleve tus lágrimas y el sol que te brinde una sonrisa —dijo Miguel Ángel casi como si estuviera recitando un poema en esa hermosa noche estrellada—. Elizabeth, quiero ser aquel que selle tus labios y acaricie tu alma.

Terminó y yo me quedé sin palabras, no podía soltar sus manos, las mismas que apretaba con fuerza ante la emoción. Mi cabeza daba vueltas ante las hermosas palabras que acababa de pronunciar y mi mundo se volvía color de rosa.

—Elizabeth… —dijo nervioso al no escuchar respuesta de mi parte—, ¿me lo permitirías?

Afirmé con los ojos vidriosos y el corazón volando, entonces él se levantó y tomándome las mejillas suavemente me besó. Mi respiración se cortó al instante, cerré los ojos y me dejé llevar por los delicados movimientos de sus labios.

Esos tiempos fueron los mejores momentos de mi vida. Tenía una mejor amiga que me quería, a sus dos preciosos niños que casi se habían convertido en mis sobrinos —y a quienes apreciaba mucho— y un hombre que me amaba de verdad y no como papá decía querer a mamá. Un hombre que deseaba lo mejor para mí y que podía ver en mis defectos mis más recónditas virtudes, que podía verme bella así estuviera arreglada o en mis peores fachas, alguien que se daba el tiempo para mí y que pensaba que lo más importante del mundo era sólo yo, alguien que me hacía sentir como una persona. Sin mencionar que ya nadie me torturaba con su llegada y que había dejado de escuchar gritos en casa, los cuales sólo se aparecían en remotas ocasiones en mis sueños, que pronto comenzaron a ser muy esporádicos.

Un día recibí la mejor noticia del mundo. Una que no debió alegrarme, pero que, dejando de lado la ética y la moral, lo hizo. Di gracias a mi idea de dejarle el número de Sandra a mamá la última vez que la visité, pues mamá llamó una tarde para decirle a Sandra que hiciera el favor de informarme de que mi padre había muerto. Cuando llegué Sandra estaba nerviosa, no sabía cómo darme la mala noticia, pero lo que ella no se imaginaba es que en silencio yo había deseado esa noticia desde la secundaria. Al principio no podía concebir esos sentimientos, pues al fin y al cabo se trataba de mi padre, pero ahora que ya era más mayor y había madurado, ahora que había conocido lo que realmente era el amor, me daba una alegría inmensa que hubiera muerto, en parte porque odiaba a mi padre, pero sobre todo porque sabía que mamá por fin se había librado de él y esta vez lo había hecho para siempre. Empaqué mis cosas apresuradamente con la emoción de volver a ver a mi mamita y llamé a Miguel Ángel para decirle que me iba a mi casa unos cuantos días, después tomé el primer autobús que me llevó de vuelta.

Cuando llegué la casa estaba vacía. No pude ver a mamá por ningún lado, no había rastro de ningún velorio ni de ninguna misa, y los vecinos me miraban de mala gana. Me dirigí a comer algo a uno de los lugares que quedaban cerca para no tardar mucho si mamá regresaba; entonces me encontré con una de mis maestras de la preparatoria, que me saludó y me dio sus condolencias, las cuales recibí amablemente pero con indiferencia.

—Siento la situación que vivías en tu casa, Elizabeth, nunca lo supe, nunca intuí qué era lo que pasaba. Saluda a tu madre de mi parte y dile que la apoyo en lo que necesite, que yo creo en ella, y que si quiere que atestigüe durante el juicio, no dude en llamarme.

Me quedé pasmada. ¿Un juicio? ¿Por qué habría un juicio? ¿Por qué mi maestra se había enterado de la situación que se vivía en mi casa cuando mamá se esforzaba por mantenerlo en secreto? Esa tarde me enteré de que mamá estaba siendo acusada de homicidio por haber matado a mi padre… No podía creerlo… Mamá era pasiva y amaba a mi padre más que a ella misma, no era posible. Debía de haber un error… Era mi padre quien casi nos mataba a diario. Era por culpa de mi padre que daba gracias a Dios de vivir un día más cuando sabía que estaba expuesta a la muerte cada segundo que pasaba junto a él… y era mi madre la consoladora, la que aguantaba, la que le cumplía sus caprichos, la amante, la tierna, la que tenía principios y moral, la que seguía los preceptos de la iglesia al pie de la letra… Mi madre era la esposa sacrificada que debía honrar a su marido y ser castigada por este cuando era necesario… Mi madre era… Mi madre era… ¡mi madre no era una asesina, sino mi padre! ¡Mi padre el torturador, mi padre el loco, mi padre el atormentador, el monstruo, el verdugo, el maniático! ¡Mi padre el asesino! Debía de haber un error definitivamente, la policía estaba cometiendo un error, todo era una equivocación, una terrible confusión y debía hacer algo para ayudar a mi mamita.

Acudí a donde la mantenían detenida para hablar con ella, pero no me lo permitieron, ya para esos momentos le habían asignado un defensor público. ¡Tenía que hacer algo pronto! Salí del lugar y telefoneé a mi novio, le conté lo sucedido, estaba confundida, desesperada e irritada, pero sobre todo temerosa de lo que pudiera pasarle a mami. Él acudió a mi llamado en cuanto pudo, me dijo que tomaría el caso de mi madre, que no me preocupara, que todo iba a salir bien, que iba a llevar consigo a uno de los mejores abogados del país, quien había sido su maestro, para que entre los dos consiguieran comprobar la inocencia de mamá y resultara absuelta.

Los dos flamantes abogados tomaron el avión más próximo y pronto se encontraron conmigo, después de charlar con mamá me platicaron que ella se culpaba de la muerte de mi padre y que se encontraba muy deprimida, que decía que todo había sido su culpa, que todo había sido un accidente, pero que no dejaba de decir que había sido su culpa, y que con esa confesión de culpabilidad tenían gran parte del juicio perdida. Cuando nos encontramos a solas Miguel Ángel y yo, él me preguntó con delicadeza si mi padre era agresivo con nosotras, yo lo miré y apenada afirmé, fue entonces cuando me dijo que podíamos alegar la acción de mi madre como defensa propia, que podíamos alegar también que mi madre necesitaba apoyo y tratamiento psicológico, incluso podíamos alegar Síndrome de Estocolmo Doméstico, siendo este la razón de su confesión de haberlo asesinado y de su sentido de culpa. Entonces me pidió que durante el juicio acudiera a atestiguar al estrado los malos tratos recibidos por mi padre.

5. El juicio

El día del juicio llegó, estaba nerviosa, nunca le había hablado a alguien sobre mi pasado, sólo ese pequeño fragmento
de las rosas que después de mucho tiempo le había contado
a Sandra. Jamás había hablado de mí, puesto que una pobre
niña sufrida no podía caerle bien a la gente; además mi pasado me apenaba y me daba miedo que el hombre de mi vida me
fuera a dejar de querer. Miguel Ángel, que también se preparaba, notó mi nerviosismo y me abrazó por la espalda.

—Tranquila, amor, nadie va a juzgarte, debes estar segura de ti y de lo que dices para que el juez te crea y nos dé la
razón. Verás que todo resultará de maravilla: tu mami saldrá
de ahí y se irá a vivir contigo. Verás que todo estará bien,
además sabes que yo te voy a apoyar en todo. Si sientes miedo
estando en el estrado, sólo mira a mis ojos, sabrás que estoy
contigo. —Él me acarició con sus suaves y cálidas manos
dándome seguridad—. Por cierto, luces espectacular —me
dijo tomando su saco, y yo suspiré con nerviosismo pero un
tanto aliviada por sus palabras, me dio un beso y salimos
rumbo al juicio.

Todo lo que durante el juicio se dijo fueron como murmullos hasta que fue mi turno, me levanté temerosa de mi asiento en cuanto escuché mi nombre y caminé hacia el estrado, con las manos heladas y sudando, la voz temblorosa y sintiendo las piernas inestables. Me hicieron jurar decir sólo la verdad y a la primera pregunta del fiscal mi mente se transportó a mi pasado y comencé a hablar.

—No tengo otra manera de definir mi vida con mis padres más que como un infierno —dije pausadamente mirando nerviosa a toda la gente que ahí me escuchaba, pero sobre todo mirando a Miguel Ángel, para tratar de darme seguridad a mí misma—. No he visto a nadie amar como mamá amaba a mi padre, un amor incondicional sobre todas las cosas... Desgraciadamente ese amor no era mutuo... porque no se puede definir como amor a todo lo que mi padre hizo, a las ofensas, a los golpes..., al terror. —Entonces se me escurrieron las lágrimas de los ojos—. Al terror que cada vez causaba con su llegada. No se puede llamar amor al llanto, a la tristeza y al sufrimiento, no se puede llamar amor a las cicatrices en mi cuerpo o en el cuerpo de mamá producto de heridas que por él fueron provocadas, porque al verlas no recuerdo con amor aquellos momentos, porque no recuerdo con gusto o con alegría algún día en que haya estado en casa... No se puede llamar amor a la tortura, y si así lo es, entonces no quiero al amor... —Hice una pausa para secarme las lágrimas y aclarar mi voz—. No sé si lo de mi padre era enfermedad, o simplemente su forma de ser, pero fuere lo que fuere jamás lo perdonaré. ¿Pueden ustedes imaginarse a una niña de cinco años castigada tres días sin comer? ¿Pueden ustedes imaginarse una niña de seis con la marca de la plancha en el rostro? ¿O tal vez a un niño de seis meses con una fractura de fémur? ¿Acaso llega a su mente la idea de una adolescente de trece años que de tan sólo oír la voz de su padre se hiciese pipí? No lo sé, pero eso era lo más leve, porque mi madre se llevaba la peor parte. ¿Alguna vez han pensado en despertar a la mitad de la noche y que lo primero que escuchen sea un grito de dolor, un grito de súplica? Pues todo eso que tal vez no puedan imaginar ni por un instante era el pan de cada día en mi casa —dije al borde de las lágrimas y conté varios acontecimientos de mi infancia, y de mi adolescencia. El fiscal, estupefacto, se sentó y escuchaba con atención lo que decía. Cuando terminé, o mejor dicho, cuando ya no pude hablar más, Miguel Ángel se levantó, me tomó por el brazo tiernamente y me llevó hasta mi asiento.

—¿Alguna otra pregunta? —preguntó mi novio—. Un hombre que le pone las manos encima a su esposa y a sus hijos no es un hombre —prosiguió mi abogado defensor al no escuchar palabras del fiscal, y tan sólo entre los murmullos del público pasó al centro del lugar y se dirigió a la audiencia—. Es simplemente un completo cobarde. Un cobarde que sabe que puede agredir a los que son más débiles que él, a los que son indefensos… Me permito hablar en esta audiencia en defensa de la señora Clara Finestan, una esposa sacrificada que siempre miró por el bienestar de su marido, que nunca se quejó de sus malos tratos o de sus ofensas, que siempre estuvo dispuesta a darlo todo, incluso la vida por su agresor —dijo Miguel Ángel, y luego subió la voz haciendo ademanes muy llamativos—. Yo hablo por lo que ella no es capaz de decir, yo hablo por lo que ella calló todos estos años y hablo por la justicia, para que al menos una vez en su vida se le dé justicia, hablo por el silencio que hubo en el pasado y que ahora se expresa a gritos y les pregunto: ¿Cómo una mujer pudo aguantar tanto? ¿Cómo Clara Finestan fue capaz de callar el terror que vivía? —Entonces se dirigió al juez—. Y si Clara asesinó a su marido, crimen del cual es acusada, fue simple y sencillamente en defensa propia, un acto de sobrevivencia, segundos que Clara perdió el control sobre sí debido a años de opresión y tortura, mi cliente sólo trató de defenderse, de escapar de su agresor. Elizabeth Finestan, hija de mi cliente, habla por su madre contando su historia y declarando su incapacidad mental para poder distinguir lo que realmente pasó. Si mi cliente se declara culpable, yo sólo tengo una explicación a eso, explicación que la exima de toda culpabilidad: Síndrome de Estocolmo Doméstico. Y dígame, señor juez, después de lo que ha escuchado por parte de Elizabeth, ¿le parece que mi cliente sea una asesina? Yo creo que Clara Finestan es la víctima, víctima que necesita atención y tratamiento psicológicos después de su traumática vida junto a ese depredador. —Miguel Ángel terminó de hablar y volvió a sentarse con una sonrisa en el rostro sintiéndose victorioso.

Después de varias audiencias por fin dieron el veredicto, mamá salió libre bajo la condición del juez de acudir a terapia psicológica. La llevamos a vivir con nosotras, pero ella siempre parecía triste, su mirada ya no era la de antes, sus ojos eran opacos y la vivacidad que ella siempre había tenido se había esfumado por completo; yo me preocupaba mucho e intentaba ayudar pero nada de lo que hacía parecía dar resultados por más que me esforzara, y ni siquiera los hijos de Sandra, que la llamaban «abuelita», la reanimaban. Miguel Ángel también me ayudaba, pero sus visitas resultaban contraproducentes, pues aunque a mamá le parecía buen muchacho, de sus ojos brotaban lágrimas cuando él me abrazaba o me daba un beso. Pensé que pronto las terapias le ayudarían, pero meses después, a pesar de la ayuda recibida, murió de tristeza por la ausencia de mi padre, era claro el Síndrome de Estocolmo Doméstico. Después de su muerte lo pasé muy mal, recordaba con nostalgia cómo mi madre todos los días se sentaba conmigo a hacer la tarea, me ayudaba a preparar la mochila de la escuela desde una noche antes, y todas las mañanas me levantaba con un beso para ir a la escuela y con amor me llevaba hasta la regadera. Después me vestía y me daba de desayunar ricos *hot cakes*; después me llevaba a la escuela y cuando regresaba ya tenía mis cosas preparadas para ir a mis clases de ballet que tanto me gustaban.

El ballet era mi fascinación, yo me empeñaba en realizar los ejercicios y movimientos que la maestra nos pedía o nos enseñaba, me gustaba que me felicitaran por la forma en que lo hacía, y que me escogieran para los principales papeles de las presentaciones que realizábamos. Recuerdo que con perseverancia llegaba a mi casa a ensayar los ejercicios que durante la clase no me habían salido bien, perfeccionaba los que antes había aprendido, e imaginaba que era una gran bailarina que actuaba en obras como *El Cascanueces* o *El Lago de los Cisnes* ante un inmenso público que aplaudía sin cesar, que elogiaban mis movimientos, mi ritmo, mi delicadez y mi gracia. Esos momentos en la clase, y durante los que practicaba, mi mundo se volvía mágico, olvidaba que estaba en mi casa, olvidaba incluso que era yo misma, Elizabeth Finestan, y me convertía en los personajes de las obras, fuera lo que fuera, escuchaba con atención las indicaciones de la maestra, sus correcciones. Y de regreso a casa mamá me consentía, me sobaba los pies y me contaba historias de princesas; mami siempre me animaba cuando no me salían las cosas, cuando me lesionaba o cuando no me daban el papel que yo quería. Sin embargo llegó el tiempo en que tuve que olvidarme de aquello, olvidarme de una de esas cosas que me hacían feliz en el mundo para ayudarle a mamá en lo que podía. Recuerdo con amor cómo mi madre estuvo presente en todos los ensayos, el tiempo que me dedicaba practicando los movimientos, su rostro alegre cuando me veía bailar, y su enorme sonrisa cuando terminaba alguna presentación. Recuerdo también cómo mamá confeccionaba mis vestuarios, y a cada presentación me indicaba cómo ponerme el tutú y como ajustarme las zapatillas de ballet para que no me fuera a lastimar. La maestra siempre me daba indicaciones, pero ella era la segunda, porque mamá siempre fue mi primera profesora. Todas esas cosas que mamá había hecho por mí, esforzándose para que yo fuera la mejor en todo, esforzándose para que me encontrara bien, para complacerme en lo que podía, y, sobre todo, su tierna y dulce protección ante todas las cosas, incluso contra papá cuando pudo hacerlo.

Después de varias semanas de depresión decidí que era tiempo de hacer algo al respecto, de honrar a mi madre y ser la persona exitosa que ella siempre había visto en mí, de ser esa gran mujer que ella siempre había visualizado, y de cumplir mi sueño de ser una famosa bailarina de ballet. Hacía casi un año que no practicaba y debía empezar por ganar elasticidad y condición física, después intentaría entrar a alguna academia para perfeccionar lo que ya sabía y poder estar en contacto con las audiciones y las grandes compañías.

Empecé por practicar en casa. Sandra siempre se burlaba de mí, y a veces me pedía que descansara, pues algunos días mis prácticas parecían ser extenuantes para ella, aunque para mí eran sólo un esfuerzo extra por ganar el tiempo perdido. Miguel Ángel a veces llegaba de improviso y se quedaba viéndome practicar, decía que era una hermosa pluma de delicados movimientos, e incluso me pedía que bailara para él y después me invitaba a comer o a cenar o simplemente a dar una vuelta. Junto a él pasaba momentos envidiables, tan bellos y perfectos como mis clases de ballet, en donde todo mi mundo era un lugar aparte y en mi pecho no podía caber tanta alegría. Mi corazón no podía latir más fuerte cada vez que él me besaba o me decía un «te amo» al oído. Mi mundo parecía ser perfecto. Por fin me sentí preparada y acudí a una de las academias de ballet en donde sabía estaban haciendo audiciones. Recuerdo que ese día estaba nerviosa, emocionada, ansiosa y feliz, sabía que podía hacerlo bien, que podía lograrlo. Miguel Ángel me llevó hasta el lugar y después se fue a trabajar, quedándonos de ver por la noche. Estuve calentando un poco con todas las demás muchachas que participaban, veía a las demás y sabía que tenía mucha competencia, sabía que estaba en desventaja por haber dejado de practicar tanto tiempo, todas parecían seguras de sí mismas, de lo que sabían, todas hacían los movimientos con precisión, casi de manera perfecta y con mucha gracia, todas parecían ser aptas para obtener un buen papel; debía de ser difícil ser el director de la compañía y saber escoger a sus bailarinas, pues aunque todas eran distintas, y cada una tenía su estilo, todas eran una verdadera muestra de arte, delicadas, escrupulosas y bellas. Ensayé mis pasos una y otra vez, como si quisiera no olvidarlos, entonces fue mi turno, tomé aire con un profundo respiro y en cuanto la música comenzó, empecé a bailar. Pronto dejé de sentir el nerviosismo, el miedo y todos los pensamientos sobre las demás bailarinas se alejaron de mi mente, pronto sólo éramos la música y yo, no había director de compañía, no había más participantes, bailaba por bailar, por gusto, por satisfacción personal, ensimismándome en un profundo éxtasis donde mis oídos escuchaban y mi cuerpo seguía lo que la música me dictaba. Entonces terminó, un último paso, el paso final, y fue entonces cuando el nerviosismo regresó, pero un nerviosismo que más que acompañado de angustia, iba acompañado de felicidad, y de emoción por lo que acababa de ejecutar; escuché aplausos, aplausos que provenían de las demás participantes, de las que ya habían realizado su audición, pero entonces el aplauso que mejor me hizo sentir, el aplauso que me corroboró que había hecho las cosas bien, era del director, quien esbozaba una amplia sonrisa en el rostro y aplaudía con júbilo y entusiasmo. Todavía en la posición final de mi presentación y con la respiración agitada, él se acercó a mí.

—¿Cuál es el nombre de esta misteriosa bailarina desconocida? —me preguntó contento—. Elizabeth —contesté incorporándome

—Elizabeth, un placer conocer el nombre de quien representará a mi personaje principal. —Me dio la mano en forma de saludo y yo, emocionada, salté de emoción, ¡no podía creerlo!, ¡no me esperaba ser el personaje principal! Jamás hubiera pensado en eso, mi aspiración era simplemente ser escogida para la compañía y tal vez representar uno de los papeles secundarios, de los que se ponen al fondo cuando salen muchos bailarines; tenía que trabajar duro, no podía defraudar a quien había depositado un poco de confianza en mí—. Mañana te veo a las ocho de la mañana para empezar con los ensayos, debes esforzarte mucho.

Después se despidió de mí cortésmente y yo fui por mis cosas mientras pensaba en cómo iba a compaginar el ballet y el trabajo; no tenía tiempo para seguir yendo al restaurante y para los ensayos, debía hacer una sola cosa, no podía desperdiciar esa gran oportunidad que tenía. Cuando salí del lugar, Miguel Ángel me esperaba fuera en su linda camioneta negra, corrí hasta él y salté abrazándolo diciéndole a gritos que había obtenido el papel principal, él me felicitó y me abrazó con fuerza, después cargó mis cosas con una amplia sonrisa y sacó de la camioneta un hermoso y enorme ramo de rosas blancas con una nota que decía *Para mi pequeño cisne*, después me besó y me dijo que sabía que podía hacerlo. Fuimos a casa, durante el camino reíamos y platicábamos muy contentos, me dijo que dejara el trabajo y que él me ayudaría con los gastos mientras yo ensayaba. Cuando llegamos él le contó con emoción a Sandra que me habían dado el papel principal. Ella saltó de la emoción y corrió a abrazarme, Miguel Ángel propuso llevarnos a cenar para festejar y ese fue el último día que tuve tranquilo, Sandra contrató una nueva nana para que yo pudiera dedicarle mi tiempo completo al ballet y acordé ayudarle con la renta del departamento para seguir viviendo con ella; los demás días después de la celebración fueron extenuantes, llenos de trabajo, de ensayo tras error hasta lograr la perfección.

6. Una nueva perspectiva

Pedí mi renuncia en el restaurante y esa noche no pude dormir por la emoción, seguía sin poder creer lo que había pasado. No podía creer que el director me hubiera escogido a mí de entre tantas, a mí, una completa desconocida en el mundo del ballet, cuando todas las demás se veían tan lindas, tan gráciles, tan perfectas... ¿Acaso yo me veía mejor que ellas? ¿Acaso yo lo hacía mejor? ¡Eso era fantástico! Toda mi vida comenzaba a dar un nuevo giro, parecía que de las peores cosas podían resultar las mejores. Puesto que gracias a huir de mi casa conocí a Sandra; después de casi haber sido violada conocí a Miguel Ángel; y después de la muerte de mi madre (lo que me impulsó a volver a hacer ballet) fui escogida por el director de la compañía para su papel principal: Odette en *El Lago de los Cisnes*. A pesar de todo aún tenía dudas, dudaba de lo que pudiera lograr, ¿y si no daba el ancho para el papel? ¿Y si era mucha presión para mí? ¿Y si no aguantaba los ensayos que sabía serían cansados? Y lo peor de todo... ¿y si decepcionaba al director? Tal vez sería mejor decirle que deseaba interpretar otro papel, que no me sentía segura para tener la responsabilidad de ese personaje..., pero… yo quería hacerlo… Quería ser Odette, aunque tenía miedo… No quería que las expectativas que el director tenía en mí decayeran, no quería decepcionarlo. Entonces, entre tantos pensamientos, uno se quedó en mi mente el resto de la noche, recordaba mis antiguas presentaciones en la escuela de ballet, cuando mi padre iba a verme y, junto con mi mamá, alegremente me ayudaba a vestirme y arreglarme. Cuando los veía sentados en los asientos del auditorio y mi corazón se llenaba de alegría al verlos contentos y tomados de la mano. Mis presentaciones eran algo que los unía, algo que apaciguaba las cosas en mi casa, pues cada vez que yo bailaba las cosas parecían ir bien y papá parecía alegre. No podía equivocarme, porque si lo hacía tal vez papá podría molestarse y dejaría de ver en su rostro esa sonrisa, si yo me equivocaba tal vez mi padre nunca más iría a verme porque ¿para qué quería ver a una inútil bailar? Y si él dejaba de ir, yo dejaría de ser feliz, dejaría de ver a mi madre feliz, porque cuando él tomaba su mano o la abrazaba con afecto, su rostro se iluminaba y sus ojos eran distintos a los de siempre. Cada vez que papá iba a verme tenía miedo, miedo como el que estaba sintiendo en esos precisos momentos, miedo de no hacerlo bien, de equivocarme, de que él no apreciara mis movimientos, de que les hiciera alguna corrección, de que no satisficiera sus estándares, de que a pesar de hacerlo bien, de haberlo practicado una y otra vez para él, no fuera suficiente… ¿Y si para el director de la compañía no era suficiente? ¿Y si sus estándares eran muy altos para mí? ¿Y si no podía alcanzarlos? ¿Y si el director de la compañía, que me había escogido para su papel principal, era como mi padre? Mi padre que a veces me quería y a veces no, él que se esmeraba en que yo fuera la mejor, que a veces me elogiaba y otras tantas me humillaba sin razón, ese que me consentía pero que también me despreciaba, ese…, ese…, ese que tanto me había hecho sufrir… Pero también aquel que tantas cosas me había enseñado… Ese del que había huido… pero que también me extrañaba… Ese a quien sólo podía mantener contento cuando bailaba, cuando veía la perfección, la femineidad, la delicadeza y la exquisitez de mis movimientos, ¿pero es que acaso un padre no quiere eso de su hija? Tal vez papá no era tan malo, tal vez sólo quería lo mejor para nosotros, ser un buen padre, educarnos bien, tal vez mi madre y yo sólo debíamos esforzarnos… ¡NO! ¡MI PADRE NO ERA BUENO! ¡Mi padre era un golpeador! ¡Un sádico, un cruel a quien la gustaba vernos sufrir! ¿Pues qué padre mata a un hijo por educarlo? ¿Qué hombre de casa puede ver a su esposa sufrir de la manera en que mi madre lo hacía? ¿Es qué acaso alguien que te quiere te hace sufrir? No, definitivamente no.

Mi cabeza era un mar de pensamientos, debía dejar atrás esas presentaciones de la infancia, pues a pesar de que el ballet me fascinaba, cuando preparaba un papel sólo pensaba en mi padre, ensayaba duro con la imagen de su rostro en la cabeza, con la idea de su satisfacción y no la mía, con la martirizante idea de hacerlo bien para mantener mi casa en alegría. Tenía que alejar de mi cabeza esos pensamientos en los que yo me sentía responsable de la felicidad en mi casa, en los que debía mantener a mi padre feliz para así lograr la felicidad de mi madre. En esos momentos debía intentar dormir para hacer un buen trabajo al siguiente día, pero esta vez no por la satisfacción de mi padre, no por la felicidad de mi madre, tampoco por la tranquilidad de mi casa, ni por cumplir los estándares del director, lo haría lo mejor posible por mi propia satisfacción, porque era lo que yo quería hacer, y si al director no le parecía bien entonces aceptaría sus críticas sin miedo, sólo con el deseo de superarme, de ser cada día mejor, porque eso es lo que yo quiero, porque no tengo que complacer a nadie más que a mí misma, porque yo misma soy el más temible juez y el más aterrador verdugo… y porque si me habían escogido para el papel principal era porque el director había visto algo en mí y no porque quisiera elogiarme para después humillarme…

Practicaría por primera vez sin la presión de mi padre, sin el rostro triste de mi madre en mente, trabajaría bajo mis propias reglas, bajo mis propios estándares y para cumplir con mi propia satisfacción, con lo que siempre había sentido por el ballet: amor, éxtasis, fascinación, libertad, desenvolvimiento; porque cuando bailaba sin la presión de mis padres, cuando practicaba los movimientos sola en mi cuarto y cuando escuchaba la música recorrer cada centímetro de mi cuerpo dejándome llevar por ella a cada compás, a cada nota, a cada melodía, era cuando era yo misma; la Elizabeth que no temía, la Elizabeth que se sentía segura, la Elizabeth que no se encontraba más bajo el yugo de su padre o condicionada por la felicidad de su madre, la que era completamente feliz, la que en realidad era y no la que se escondía… Por la mañana sería esa Elizabeth, la que está llena de sueños e ilusiones, la que tiene metas fijas… La Elizabeth que no tiene límites.

Desperté después de apenas unas cuantas horas, pero extrañamente no tenía ni pizca de sueño, me metí a bañar aún pensativa, después tomé mis cosas y esperé a que Miguel Ángel pasara por mí. Antes de entrar a donde se encontraban ensayando tomé un suspiro y decididamente caminé hacia los vestidores para alistarme. El director me saludó con alegría y pronto comencé a bailar… Un, dos, tres… Un, dos, tres… Un, dos, tres. Me costó un poco de trabajo pero para la mitad del ensayo había logrado dejar de tener en mente a mi padre. Un, dos, tres…

Un, dos, tres… Un, dos tres… Un poco más arriba, un poco más abajo, no, así no, más delicada, con menos fuerza, un poco más a la derecha, ahora a la izquierda, muy bien, vas muy bien… Un día agotador, pero de mucho provecho, cuando terminó estaba rendida, llegué a casa y le hablé a Miguel Ángel para decirle que no lo vería esa noche, tomé una ducha para reanimarme un poco y poder atender a los niños de Sandra y poco después de haberlos acostado me quedé completamente dormida leyendo por enésima vez la historia de *El Lago de los Cisnes*.

A pesar de lo extenuantes que eran los ensayos me encantaba ir a ellos, esforzarme, sentir que me costaba trabajo hacer las cosas, sentirme satisfecha de mi trabajo, de realizar por primera vez lo que yo quería hacer dando gracias a Miguel Ángel por apoyarme y de ser la dueña de mis decisiones.

—¡Elizabeth! —me llamó el director al finalizar el ensayo, y yo me acerqué—. Quería felicitarte por tu trabajo, realmente me impresionas, chica, definitivamente hice una buena elección. Me gustaría que conocieras a alguien. Ella es una antigua bailarina, representó tu papel por varios años y quisiera que te viera bailar antes del gran día.

—Claro —dije tímidamente y secándome un poco el sudor.

—Quiero que esta amiga mía te haga unas cuantas correcciones, por cualquier cosa que se me haya podido pasar a mí. Creo que tienes mucho potencial, Eli, y el día de la presentación quiero que estés perfecta, pues vendrá una compañía muy famosa de Rusia a escoger bailarinas que tengan talento.

—Gracias —contesté con un nudo en la garganta, la palabra «perfecta» no me gustaba, me recordaba a papá—. ¿Cuándo veremos a su amiga?

—Tómate un día de descanso y la veremos pasado mañana, le pediré que venga a uno de los ensayos.

—De acuerdo —contesté.

Cuando salí del lugar estaba lloviendo, me apresuré a tomar un taxi, pues debía alcanzar a Miguel Ángel en el aeropuerto, estaba a punto de salir a Inglaterra para estudiar un doctorado y no podía llegar tarde a despedirme de él. El tráfico estaba fatal, las calles estaban inundadas y la lluvia no parecía disminuir, estaba ya a unas cuantas cuadras de llegar cuando decidí bajarme del taxi y correr para alcanzar a Miguel Ángel antes de que fuera demasiado tarde, cuando llegué él estaba esperándome en la puerta a punto de retirarse para abordar. Empapada lo abracé pidiéndole disculpas por haber llegado tarde, pero él sólo tomó mi mejilla con su mano alejando mi cabello mojado y bajo la lluvia me besó para después alejarse de mí y abordar su avión, tal como siempre veía amor en su mirada, me idolatraba y me perdonaba todo. Sandra y sus hijos, que habían llegado mucho antes que yo, se despidieron también de él, después ella se acercó a mí y me abrazó cuando comencé a llorar. Regresamos juntas a casa, ella trataba de consolarme, cuando llegamos me preparó un té antes de irse a trabajar y su hijo me hizo un dibujo de una flor con un avión. Estaba triste pero también contenta, en parte porque sabía que el doctorado era algo que Miguel Ángel había deseado hacer tiempo atrás y por otro lado porque el director pensaba que yo era capaz de ser parte de esa prestigiosa compañía de ballet rusa, la compañía Bolshoi, pero estaba triste por la partida de mi futuro prometido; sabía que el doctorado llevaría un par de años y lo extrañaría muchísimo.

7. ODETTE

Estaba nerviosa, la amiga del director estaría presente para darle el visto bueno a la presentación completa y debía concentrarme, dejar de pensar en Miguel Ángel. El director me llamó y fuimos a ver a su amiga. Caminé nerviosa tras él hasta llegar al lugar donde nos esperaba sentada una señora de unos sesenta años de gran porte, cabello negro y lacio y de facciones muy finas con un curioso lunar en el lado izquierdo de la barbilla. Fue la primera Odette de la compañía.

—Yuli, te presento a Elizabeth —dijo él.

—Mucho gusto —contesté rápidamente y con la respiración agitada.

—Tranquila, preciosa, no como —dijo la señora con una voz ronca y rasposa levantándose para saludarme—. Me da gusto conocerte, he escuchado maravillas de ti de la boca de Humberto, parece que hacía mucho tiempo que no veía un talento como el tuyo.

—A decir verdad, desde que la vi a usted por última vez bailar, Madame —dijo el director elogiando a la elegante señora.

—Gracias, Humberto —dijo la señora aceptando el cumplido—. Bueno, Elizabeth, hoy veremos que tan buena eres —dijo dirigiéndose a mí—, porque hacía mucho tiempo que Humberto no me llamaba para enseñarme los dotes de una potencial candidata para aquella famosa compañía rusa que tú deberás de conocer.

—Gracias —dije sonrojándome un poco—, espero que mi trabajo sea de su agrado.

—Lo será. Ya lo verás, Yuli, esta niña tiene talento —dijo Humberto contento—. Casi igual que el tuyo

Me pasé a cambiar un poco nerviosa. Esa imponente mujer que había hecho el papel de Odette iba a calificarme; eso me daba ansías, debía hacerlo perfectamente bien, sin errores, sin una pizca de error. Me sentía comprometida con el director y por lo mismo me sentía bastante presionada. Comencé a calentar contando para mí misma, haciendo respiraciones para calmar mis nervios, y entonces llegó la hora, era mi turno, comencé a bailar con nervios, pero poco a poco me fui adentrando en la música, en mi personaje, y pronto tuve la mente fija en lo que tenía que hacer. Bailé y bailé con todo lo que pude, mi cuerpo se guiaba con al compás de la música, y mi mente se fugó para concentrarme solamente en mi papel, en mis movimientos, en mi baile… Cuando terminé hubo aplausos de Yuli, que se levantó de su asiento esbozando una gran sonrisa en el rostro, y Humberto se veía satisfecho y también aplaudía con alegría por la aprobación de Yuli. Me sentí bien, estaba contenta, sabía que lo había hecho de maravilla y ahora más que nunca me sentía segura de mí misma y tenía grandes esperanzas en ser escogida por esa gran compañía de ballet que nos iba a ir a ver al debut de la obra.

Estábamos a sólo una semana del gran día; ya había pedido los boletos para la premier y le había mandado a Miguel Ángel el suyo con la esperanza de que viniera a verme, pero sabía que debía de estar muy ocupado estudiando, por lo que no quería hacerme falsas ilusiones. Imaginaba a mamá y lo feliz que estaría si en esos momentos se hubiera encontrado conmigo. Yo practicaba con el mayor ánimo y la mejor disposición posible. Sandra me decía que debía descansar un poco, relajarme, pero yo no podía hacerlo, me sentía presionada, quería ser escogida por la compañía y volverme la famosa bailarina que siempre había deseado, viajar por el mundo presentando bonitas obras de los mejores autores y que la gente me viera, me conociera, conocieran mi nombre, Elizabeth Finestan, la mejor bailarina del momento. Un, dos, tres, un, dos, tres, resonaban las palabras del director entre mis sueños, veía a Yuli aplaudir y mi ideal logrado el día del debut. Soñaba con aplausos, la gente satisfecha, llena de admiración por la preciosa obra que se les acababa de mostrar y entonces también soñaba con mamá, que lloraba de emoción al verme, y con Miguel Ángel, sentado a su lado, con sus preciosos bucles pelirrojos, sus risueñas pecas en su blanquísimo rostro, sus ojos grises llenos de alegría, tan elegante y pulcro como siempre, vestido de traje, en la primera fila del auditorio viéndome bailar y, al final, levantándose y aplaudiendo con fervor, acudiendo al pódium para abrazarme con un hermoso y gigantesco ramo de rosas blancas. Ese era mi sueño, del que siempre despertaba con una sonrisa en el rostro, deseando que no sólo fuera un sueño, deseando volver a dormir y encontrarme junto a él en ese exitoso final.

Yuli acudió a verme a los ensayos que quedaban, a veces hacía correcciones, pero me decía que estaba maravillada con mi trabajo. Un día antes del debut me invitó a comer, dijo que debía relajarme y estar en las mejores condiciones por la mañana siguiente. Fuimos en su auto, un hermoso carro deportivo color rojo, a un lugar algo rústico que ella decía era su favorito porque cada vez que obtenía un triunfo en el ballet, su padre la llevaba a comer ahí. Nos sentamos y comenzamos a platicar, ella me hizo recomendaciones para el día siguiente deseándome lo mejor y también me dijo que si era escogida por la compañía rusa debía mantener mis principios intactos, que en el ballet las cosas no eran fáciles, que el ambiente no era el mejor, y menos cuando se era tan talentosa como yo, y que iba a padecer muchas envidias; que debía tener cuidado con los directores y no dejarme seducir por ellos para obtener un papel, pues era un error que muchas bailarinas cometían y eso sólo afectaría mi reputación; que debía estar segura de mí misma, de lo que era y de lo que podía lograr, que jamás me diera por vencida y que explotara mi talento al máximo pues tenía mucho potencial.

Regresé a casa después de la plática con Yuli, reflexionando en todo lo que me había dicho, y pensando si realmente quería ser escogida. Cuando llegué Sandra me sonrió y me llevó de la mano hasta su cuarto, preguntándome qué vestido me parecía adecuado para que fuera al gran evento. Sobre su cama había cinco hermosos vestidos que me dejaron sin palabras. Los tres me parecían adecuados; seguro que en el cuerpo de mi guapa amiga lucirían fantásticos. Al fin me decidí por uno de color negro, ella me dio un beso en la frente y me dijo que esa noche había contratado una nana para que cuidara a sus hijos y yo pudiera descansar. Me dijo que llegaría en unos veinte minutos y me dio los datos de la persona para después irse a arreglar para su noche de trabajo. Cuando la nana llegó pensé en consentirme un rato, como Yuli me había recomendado, y me metí un rato a la tina de hidromasaje. Cuando salí estaba completamente relajada, me puse la pijama y me acosté a leer un rato con un poco de música clásica, pasatiempo que me encantaba.

Entonces sonó el teléfono, contesté y mi corazón dio un vuelco cuando escuché la voz de Miguel Ángel, casi se me cae el auricular de la emoción. Lo saludé y le pregunté cómo había estado. Él me dijo que muy bien, que me había mandado unos cuantos correos electrónicos y unas fotos del lugar donde estudiaba, me dijo que se sentía muy contento a pesar de la carga de trabajo que tenía. Estuvimos platicando un rato hasta que me confesó que había recibido mi boleto, que estaba muy orgulloso de mí y que le encantaría verme bailar, pero que no podría acudir porque tenía que presentar un examen. Se me hizo un nudo en la garganta, pero acepté serena; era algo que ya estaba esperando. Finalmente él debía preocuparse por sus estudios. Me dijo que lo hiciera lo mejor posible y se despidió de mí para dejarme descansar. «Buenas noches, mi hermoso cisne blanco», fueron sus últimas palabras, y me quedé dormida minutos después.

A la mañana siguiente me levanté muy temprano para arreglar mis cosas; el evento comenzaba a las seis de la tarde pero habíamos quedado antes en la compañía para afinar los últimos detalles. Tomé mis cosas y salí de casa. El día se me pasó volando. Me encontraba ya en mi camerino arreglándome frente al gran espejo cuando alguien tocó la puerta, era el director, me dijo que había una persona del público que pedía verme, pero que no podían dejarlo pasar, así que dejó escrita una nota. El director me la entregó y la leí cuando se fue.

Para Odette:
Me pregunto si después de que todo termine le gustaría conocerme. Sería un honor para mí charlar un rato con mi hermoso cisne.
Atte: Un admirador.

¡No podía creerlo! Miguel Ángel estaba aquí, estaba aquí sólo para verme. Tomé el papel con fuerza y lo aproximé a mi pecho cerrando los ojos y dando un suspiro de felicidad. Me volví a sentar frente al espejo muy contenta y entonces llegó la hora. Los murmullos del público se escuchaban detrás del telón, todos estábamos preparados y listos para comenzar, y cuando el telón comenzó a abrirse, un silencio ensordecedor invadió el lugar. Miles de personas guardaban silencio esperando a que comenzáramos. Me sentí paralizada por unos segundos al ver tanta gente frente a mí, entonces, de entre tantos, vi un movimiento, la mano de Sandra que me saludaba, y junto a ella, en primera fila, como en mi sueño, estaba Miguel Ángel, que me sonrió y me mandó un beso. Comenzó la música y empecé a bailar, bailé contenta, como nunca antes lo había hecho, ni siquiera pensé en el director de la compañía Bolshoi, que nos observaba, sólo bailaba para mi Miguel, como si él fuera la única persona que me observaba. Bailé con gracia, metiéndome completamente en la historia. La música, el baile y Odette éramos una misma, todos metidos en el cuerpo de Elizabeth Finestan. Pasó un acto, luego el otro y como si nada todo terminó, la gente se levantó de sus asientos aplaudiendo fuertemente mientras nosotros permanecíamos en la posición final. Mientras el telón se cerraba la gente seguía aplaudiendo, me encantaba ese sonido, el sonido de una multitud contenta, de una multitud satisfecha. Me sentía orgullosa de mi trabajo, del de todos los que se había esforzado por que la obra saliera bien, porque sabía que había dado lo mejor de mí y que a la gente le había gustado, y por mi cabeza pasaba el rostro de Miguel sentado en primera fila, mirándome…

El director comenzó a felicitarnos. Todos irradiaban alegría, todos me felicitaban a mí y al muchacho que había hecho el papel del príncipe; pero yo sólo quería salir del lugar para reunirme con Miguel, entonces él pasó corriendo seguido por un policía algo mayor. «¡No puede pasar, deténgase ahí!», le gritaba el policía mientras él llegaba hasta donde yo me encontraba. Traía en las manos un hermoso adorno de rosas blancas en forma de cisne que puso sobre el piso para abrazarme. Miguel me cargó y me dio unas cuantas vueltas para después darme un beso, y entonces el policía lo apartó de mí.

—Venga conmigo, está usted detenido —le dijo el policía enfadado.

—No, no —intervine yo acercándome al policía.

—Señorita, con su permiso —dijo el policía amablemente y se llevó a Miguel, que después de haberme visto no opuso resistencia.

—Señor policía, disculpe, ¿por qué está detenido el muchacho? —intervino Yuli.

—Por faltarle el respeto a la autoridad —dijo el policía sin soltar a Miguel Ángel

—No te preocupes, Eli, arreglaré esto en un instante —dijo Miguel Ángel tranquilo.

—Señor policía, disculpe al joven si lo ofendió —dijo Yuli persuasiva—. El evento fue muy conmovedor.

—No señora, discúlpeme usted, pero eso es una falta y me lo llevaré detenido —dijo estricto el policía.

—Venga usted, que lo invitaremos a festejar. Se encuentra entre grandes bailarines, ¿sabe lo afortunado que es? No cualquiera puede estar aquí, le daré el autógrafo de todos los que participaron en el evento, todos lo envidiarán —dijo Yuli tomando de la mano al policía, quien debido al porte de la señora empezó a ceder.

—¿Pero? —dijo dudoso el policía mirando a Miguel.

—Ya olvide lo que pasó y festeje con nosotros. ¿O prefiere perder su tiempo llevando detenido a este tonto enamorado?

—No lo creo —dijo pensativo el policía—. Está bien, hijo, esta vez te perdonaré, pero no armes revueltas

—¡Estuviste fantástica! —me dijo Miguel Ángel acercándose a mí y abrazándome de nuevo—. Tienes que ir a cenar con tu admirador, Odette.

—Claro —dije riendo un poco y le di un beso para después tomar el adorno del cisne que Miguel Ángel me había traído. Luego lo tomé de la mano para salir del lugar sin importarme lo que los demás hicieran—. Vámonos.

—Claro que no, debes quedarte aquí un rato, disfruta con tus compañeros todo tu esfuerzo, yo iré a dejar a Sandra a casa y vuelvo por ti.

—¿Elizabeth Finestan? —Se oyó una voz ronca antes de que Miguel Ángel saliera a acompañar a Sandra.

—¿Sí? —respondí yo buscando al emisor de la voz. Un señor de unos cincuenta años, que vestía de traje, se acercó a mí

—¿Odette, cierto? —dijo con un acento un tanto extraño y Yuli y Humberto se acercaron.

—Alexandre —me dijo con su voz ronca—. Me he quedado sin palabras después de verte bailar —dijo lentamente y con dificultad para armar su frase—. Represento a una famosa compañía de ballet y hemos acudido a buscar nuevos talentos. Me he quedado impresionado con usted, jovencita, y me pregunto si le gustaría tener una entrevista conmigo. Le dejo mi tarjeta por si está interesada. —Entonces el hombre se dirigió a otra muchacha que también había participado.

Salté de gusto y abracé a Yuli y a Humberto apretando muy fuerte la tarjeta que tenía en la mano. Miguel Ángel me abrazó felicitándome y me pidió que le enseñara la tarjeta, la leyó y apresurado salió a dejar a Sandra, mientras tanto yo festejaba el éxito con Yuli y con Humberto.

Él tardó un rato antes de regresar por mí, pero por fin estuvo de nuevo conmigo, brindamos con los participantes en el evento antes de irnos, y estuvimos platicando un rato con Yuli y con Humberto, contentos, festejando, y pronto llegó la hora de irnos. Miguel Ángel tomó mis cosas, subimos a su camioneta y fuimos a cenar a un lujoso restaurante, pedimos *champagne* para celebrar y comimos dos exquisitos platillos. Cuando terminamos, Miguel Ángel comenzó a hablar con nerviosismo a la luz de las velas en el centro de la mesa.

—Eli, yo sé que por el momento estoy lejos, pero no hay día que no piense en ti, a veces pienso que sería mejor regresar y estar a tu lado, pero también sé que eso sería decepcionarte, por lo que cada vez que me encuentro triste pienso en ti, porque tú eres mi motivación, eres mi musa, eres todo lo que siempre había deseado en una mujer: una mujer con el corazón fuerte, con metas fijas, decidida y audaz, una mujer cariñosa, tierna y linda, que me comprende y me hace muy feliz, que siempre se da a respetar, una mujer que se supera día a día a pesar de las dificultades de la vida, tanto del presente como del pasado, una mujer digna de admirar, que siempre va un paso adelante, perseverante, que jamás se rendirá, y también una mujer guapísima, que me seduce a cada mirada, con cada movimiento y a cada palabra, que con cada risa hace mi mundo girar sin control, una mujer que me mantiene pensando en ella y aviva mi mundo cada vez que su imagen llega a mi cabeza, la mujer que es dueña de mis sueños cuando duermo, esa mujer que es dueña de mi corazón y a la que tanto amo y deseo. Esa mujer que tengo frente a mis ojos en estos precisos momentos y que quiero que pase el resto de los días junto a mí. Elizabeth Finestan, ¿te casarías conmigo? —preguntó sacando de su bolso una cajita negra aterciopelada con un hermoso anillo de oro con un diamante incrustado en el centro. Yo me llevé las manos al rostro tapándome la boca y con lágrimas en los ojos, era el momento más feliz de mi vida, extendí la mano nerviosa y él me puso el anillo con delicadeza para después darme un beso. El beso más bello de toda mi vida.

—Claro que quiero ser tu esposa —dije llorando de la felicidad que esos momentos sentía, luego lo abracé un buen rato.

Mi prometido tuvo que salir temprano al día siguiente. Me despedí de él en el aeropuerto esperando volver a verlo muy pronto y regresé a casa a arreglarme para la entrevista con el señor Alexandre. Llegué a un hotel lujoso donde él me había citado y después de pedir que llamaran a su cuarto me senté a esperar en el *lobbie* un poco nerviosa. Jugaba con la tarjeta que me había dado, y daba suspiros para tranquilizarme, y mientras cierta parte de mis pensamientos se concentraban en el lugar y la entrevista, la otra parte aún seguía con Miguel Ángel. Entonces lo vi caminar a lo lejos: un señor con mucha personalidad, de caminar seguro, barba blanca y algo larga, vestido de traje, que se acercaba a donde yo estaba. Me levanté tomando mi bolso y guardando la tarjeta. Él me sonrió cuando estuvimos más cerca y yo lo saludé amablemente; después me invitó a desayunar al restaurante del hotel en donde comenzamos a platicar.

—¿Por qué decidió ser bailarina? —me preguntó Alexandre con su ronca voz y su extraño acento.

—Mi madre me inscribió a una escuela y desde que tengo memoria siempre me ha gustado —contesté.

—¿Le gustaría pertenecer a mi compañía de ballet, señorita Elizabeth? —me preguntó.

—Me encantaría.

—¿Y por qué le gustaría unirse a mi compañía?

—Porque es la mejor, la más reconocida mundialmente, quisiera aportar algo de mí a ella y me sentiría honrada de pertenecer a tan prestigiosa compañía.

—¿Cuántos años ha practicado el ballet?

—Desde los seis años.

—¿Qué es lo que más le gusta de bailar?

—El desenvolvimiento que tengo. Cuando bailo me trasnformo completamente en el personaje que estoy representando, dejo de ser Elizabeth y me transporto viviendo el personaje con todos sus sentimientos y cualidades: si tengo que reír, río; si tengo que llorar, lloro; y no dejo de ser él hasta que la obra termina.

—Sabe que deberá sacrificar unas cuantas cosas por ser integrante de una de las mejores compañías.

—Sí, soy totalmente consciente.

—Me parece muy bien, porque de verdad sería una lástima que no aceptara mi propuesta. Tiene un verdadero talento, algo innato tal vez… Nunca había visto bailar a alguien como usted lo hizo, Elizabeth, y créame que he visto a muchos bailarines en lo que va de mi vida y la única que tal vez podría comparársele un poco es Yuli Martínez. Pero ni ella tiene la gracia y el talento que he visto en usted.

—Gracias, señor Alexandre, realmente me halaga —dije apenada pero contenta porque alguien tan famoso e importante en el mundo del ballet pensara eso de mí.

—Entonces, señorita, necesito me firme unas cuantas hojas y le daré los boletos de traslado a Rusia. Los gastos del viaje los pagará la compañía, y tendrá una semana para buscar casa y adaptarse al clima. En los formatos que le daré viene el contrato donde especifica las formas de pago y algunas otras cosas importantes, recibirá su primer sueldo por adelantado un día antes de que salga su avión, lo depositaremos a su cuenta con los datos que nos proporcione —dijo sacando de un maletín negro unos papeles y ofreciéndome una pluma—. Tárdese el tiempo que guste, pero lea bien todo el contrato.

Tomé los papeles y la pluma y comencé a leerlos minuciosamente, firmé lo que tenía que firmar emocionada y ansiosa por lo que sería mi nueva vida y se los entregué con una sonrisa en el rostro. Después él se despidió y me deseó un bonito día, me dijo que me estaría esperando. Caminé de regreso a casa pensando en empezar a hacer las maletas, pues el avión saldría en tres días. Pero cuando llegué a casa pensé en lo mucho que extrañaría a Sandra y a sus hijos, pensé en lo mucho que mi amiga me había ayudado y quería hacer algo antes de irme, tal vez ir a bailar o a algún bar, cosas que le gustaban a Sandra, pero ella tenía que trabajar a esas horas, eso sería algo difícil a menos que ella aceptara descansar. Después de hablarle emocionada a Miguel Ángel para darle la buena noticia, me puse a preparar la comida con el fin de que todo estuviera listo cuando Sandy volviera con sus hijos de visitar a su madre. Cuando llegó, ansiosa me preguntó cómo me había ido en la entrevista. Le conté todo mientras comíamos y durante el tiempo del postre le comenté sobre la salida a bailar y ella aceptó con gusto. Saldríamos después de que la niñera que Sandy había contratado desde que yo había iniciado las clases de ballet llegara, y cuando cayó la noche estábamos saliendo de casa.

Me la pasé increíblemente bien. A pesar de que me encantaba el ballet, bailar en las discotecas no era mucho de mi agrado, se me hacía una música burda, sin sentido, que no saturaba cada uno de mis poros como la música clásica. Y los pasos de los bailes se me hacían toscos y vulgares, sin embargo esa noche bailé en compañía de Sandra y los muchachos que llegaron a invitarnos a unas copas hasta que mi cuerpo me pidió descanso. Fue la primera vez que me emborraché. Recuerdo sólo partes del regreso a casa, pero supongo que Sandy me cuidó y me llevó de vuelta. A la mañana siguiente me desperté con un fuerte dolor de cabeza y una sed increíble, cuando abrí los ojos, Sandra ya estaba despierta y al contrario de mí, se veía fresca y radiante.

—Buenos días, floja, ya está el desayuno preparado por si tienes hambre —me dijo, pero yo no tenía ni pizca de hambre, más bien tenía náuseas, y a pesar de que en esos momentos me sentía fatal, no cambiaría todo lo que había hecho la noche anterior por sentirme bien esa mañana.

Me levanté ya por la tarde y decidí ir a comprar ropa de abrigo para llevarme a Rusia. Debía estar bien preparada para adaptarme lo mejor posible y en el menor tiempo. Mientras recorría las tiendas, por mi cabeza pasaban muchos pensamientos, estaba confundida, cierta parte de mí estaba alegre por el contrato, por mi compromiso con Miguel Ángel y por lo bien que me la había pasado la noche anterior, pero había otra parte que se encontraba triste y no tenía una razón en específico; debía estar contenta completamente, y no me comprendía a mí misma. Tal vez no era realmente tristeza, sino nostalgia, tal vez simplemente extrañaría a Sandy y al lugar que tantas alegrías me había dado, el lugar que había cambiado mi vida de un momento a otro, pero también extrañaba a Miguel, pensaba en el matrimonio, en que quería estar cerca de él y formar una familia; sin embargo las circunstancias no lo permitían en esos momentos. Iba caminando por las tiendas, mirando y pensando, y al final sólo terminé comprando una chamarra que parecía bastante abrigadora y ropa térmica.

Ya en casa comencé a sacar mi ropa y todas mis cosas con la intención de hacer el equipaje y deshacerme de lo que no ocupaba y rápidamente pasaron así los tres días de plazo. Con el dinero que me depositaron le compré a Sandra un reloj muy bonito y les compré juguetes a sus hijos. Ella me hizo un pastel de despedida, que aunque no se veía muy apetitoso, estaba buenísimo. Sabía que mi vida estaba a punto de dar un nuevo giro, y a pesar de que estaba emocionada por lo que me esperaba, por ver mis sueños cumplidos, también estaba ansiosa y tenía miedo; llegaría a un país completamente desconocido donde ni siquiera conocía el idioma y conviviría con gente que, tal vez, como Yuli había dicho, sólo quisieran hacerme daño, y además me alejaría de la gente que quería y que me apreciaba, como Sandy, Yuli y Humberto.

8. Camino al éxito

Por fin llegó el día de la despedida. Mis amigos me acompañaron al aeropuerto, donde me reuní con el señor Alexandre. Después de unas cuantas lágrimas derramadas, afectuosos abrazos y buenos deseos, subí con el director de la compañía rusa al avión que me llevaría a mi nuevo destino, a mi nueva vida, el avión que me llevaría a iniciar el camino que debía emprender para alcanzar mi gran sueño.

Durante el trayecto platiqué un poco con Alexandre, quien, a pesar de su apariencia de pocos amigos, era una persona muy simpática y amena, aunque me advertía que en los ensayos era completamente diferente. Decía que era la persona más estricta del planeta y que le gustaba la perfección, le gustaba que las funciones fueran un completo éxito, pero no sólo eso, sino que despertaran en el público sentimientos, y para eso él debía ser duro con sus bailarines y exigirles incluso más de lo que debería. Me dijo que esperaba supiera aguantar la presión, pues muchos habían renunciado al verse en esas situaciones, y aunque la danza significaba estar bajo constante estrés, había quienes a pesar de ser muy buenos en lo que hacían no lo soportaban. Me confesó que me resultaría difícil acostumbrarme, pero que no podía permitir que un talento como el mío renunciara. Yo escuchaba con atención, sabía que podía soportarlo y más si iba en busca de mis metas, así que con toda la seguridad del mundo, seguridad que nunca antes había tenido sin estar junto a Miguel Ángel, le dije que confiara en mí, que nunca lo defraudaría. Él sonrió y luego llamó a la azafata para que nos sirviera una copa con la que brindar por el futuro, pero yo tan sólo pedí una sangría natural: había tenido suficiente de la salida con Sandy y no quería saber más de alcohol. Al acabar le pregunté qué había sucedido con la otra chica con la que había hablado el día del debut. Al parecer ella no había acudido a la entrevista.

Después nos quedamos callados un buen rato, yo miraba por la ventana admirando el cielo y las nubes, nunca me había subido a un avión y estaba feliz de hacerlo, de poder ver la ciudad y todas las cosas tan chiquitas por encima de ellas. Era un poco como viajar al futuro, sentirme grande, una gran bailarina, exitosa, talentosa y admirada, era como alcanzar el éxito que se encuentra en la cima de la montaña, y llegar a ella después de tantos obstáculos y esfuerzo; sin embargo, esfuerzo y trabajo que habían valido la pena: cada gota de sudor, cada lágrima de sacrificio y cada día agotador habían rendido su fruto. Pronto comencé a soñar despierta con Miguel Ángel y su perfecta figura, sus tiernos detalles y sus brazos protectores que me abrazaban y me cuidaban en todo momento, esos brazos en los que me acurrucaba y que me brindaban apoyo y seguridad, los cuales sabía siempre estarían abiertos para mí, así como mi corazón estaba sin barreras y sin escudos entre sus manos.

Al bajar del avión hacía un frío terrible. Alexandre me condujo a un hotel diciéndome que la primera semana corría por su cuenta y que me esperaba al final de la misma, que pasarían por mí a las nueve de la mañana siempre y cuando yo le mandara un correo con la dirección de mi nueva casa. Me instalé en la acogedora habitación y encendí la calefacción, tomé una ducha y me puse a leer un rato. Esa semana estuve buscando departamento, y aunque el que encontré no era muy lujoso ni muy grande, era el que más cerca quedaba del lugar donde la compañía de ballet ensayaba, pues no sabía si el chofer siempre pasaría por mí, probablemente no. Mi primer día con Alexandre fue excelente, aunque había muchos bailarines rusos, también había un buen porcentaje de bailarines de varios países, todos tan diferentes, con culturas distintas, y todos manejando el mismo idioma, el inglés, para poder entendernos durante los ensayos. Lo que Alexandre tenía era un conjunto de talentos reunidos en un solo lugar, algo realmente impresionante. Ese día terminé exhausta, él no me había mentido sobre sus exigencias, realmente era un profesor estricto, pero claro que eso no me haría renunciar, sino al contrario, me incitaba a seguir adelante, pues ver que una persona tan estricta, perfeccionista y obsesiva con su trabajo estaba contenta con el mío me satisfacía muchísimo. Me sentía completa, por lo que algún día, durante algún ensayo, sorprendería a Alexandre y no debería hacerme ninguna corrección: mis ejecuciones serían tan limpias que él se quedaría atónito, incluso me aplaudiría, bueno…, eso tal vez no…, por su firme orgullo, pero estoy segura de que lo desearía. Pensaba que algún día mi ballet causaría tal efecto en él que tendría el impulso de aplaudir, aunque acabara reprimiéndolo. Salí de allí directa a comprar una tarjeta de larga distancia para marcarle a Miguel Ángel y contarle cómo estaba, y después de platicar con él un rato me fui a dormir.

Los días parecían ser eternos en Rusia, algo que me agradaba bastante, pues sentía que tenía más tiempo para ensayar e incluso para divertirme y conocer lugares. Uno de esos días de ensayos, cuando fui a cambiarme a los vestidores para volver a casa, me encontré a una de las bailarinas llorando. Me acerqué cauta y vi a una chica rubia de cabello ondulado, extremadamente delgada, que se encontraba de cuclillas llorando con mucho sentimiento. Me agaché y le pregunté si se encontraba bien; ella levantó el rostro secándose las lágrimas con el brazo y yo pude ver a una jovencita de tan sólo unos catorce años que me cautivó. Traté de consolarla, pero ella parecía muy triste y molesta, no paraba de llorar; me quedé un rato intentando hablar pero ella no decía nada, por lo que salí del lugar esperando que la chiquilla se encontrara bien. Al día siguiente, mientras me encontraba calentando, Alexandre preguntó por una de las bailarinas, todos enmudecieron al escuchar el nombre, hacían como si no escucharan y seguían en lo suyo. Entonces el director comenzó con la práctica diciendo que si ella no era capaz de aguantar la presión, lo mejor era que no hubiera regresado. A pesar de la dureza con que decía las cosas, había algo más en sus ojos: Alexandre se veía preocupado y triste. Comenzamos el ensayo y después de las primeras dos horas, la chica que un día anterior me había encontrado llorando en los vestidores se presentó frente a Alexandre.

—Siento llegar tarde —dijo fríamente—. Me quedaré a practicar más tiempo, el doble del que me retrasé —le dijo al director, e inmediatamente se incorporó al ensayo.

Al terminar la clase ella continuó en la clase. Cuando salí de cambiarme y pasé por allí para despedirme de Alexandre, ella seguía ensayando bajo los ojos del director; lo hacía con tanto empeño, con tanta dedicación y esfuerzo que parecía estarse castigando a sí misma por haber llegado tarde. Alexandre sólo observaba, duro, frío y serio, sin hacer comentarios sobre lo bien que ella hacía las cosas. Me quedé observando y no fue sino hasta que se cumplió el doble del tiempo que se había retrasado que ella paró de bailar. En ese momento me fui a casa, sorprendida del coraje de aquella chica.

Desde ese día comencé a fijarme un poco más en ella, realmente se esforzaba, daba toda su energía en cada ejercicio y hacía las correcciones que Alexandre le decía; jamás había visto tanto empeño y perseverancia. Un día en que permanecí en la compañía esperando que pasara la lluvia, me di cuenta de las cosas. La chica se había quedado también y ensayaba con fervor, sólo quedábamos ella y yo, y yo la observaba en silencio, entonces ella se cayó dando un quejido de dolor. Se intentó levantar, pero su cuerpo volvió a doblarse haciéndola caer de nuevo. Lo intentó dos veces más fracasando al incorporarse. Yo, preocupada, me acerqué y le quité las zapatillas; sus pies sangraban y uno de sus tobillos estaba muy inflamado. Me ofrecí y la acompañé en taxi a un hospital.

—Me llamo Natasha —me dijo ella después de que el médico la atendió.

—Yo Elizabeth —me presenté—. Mucho gusto, Natasha. ¿Qué te ha dicho el médico?

—Nada —dijo bajando la mirada.

—Vamos, te ha dicho algo —le dije incrédula, y entonces ella me abrazó y comenzó a llorar.

—Me ha dicho que necesito reposo, pero si no practico, jamás podré obtener un papel en el ballet que presentaremos.

—Tranquila, eres muy buena, verás que obtendrás un papel. Reposarás y te repondrás, después podrás seguir bailando y representarás el papel que quieres.

—No soy buena —contestó ella al borde de las lágrimas.

—Natasha, te he observado durante estos días, realmente eres admirable.

—No tanto como tú —contestó ella dejando de abrazarme.

—¿Como yo?

—Mi abuelo se la pasa hablando maravillas de ti, yo tal vez no tenga tu talento, pero me esfuerzo y verás que algún día seré tan buena como tú y mi abuelo estará orgulloso.

—¿Quién es tu abuelo, Natasha? ¿Él te obliga a ensayar tanto?

—No, yo practico porque quiero, sin embargo él es feliz cuando me ve bailar.

—¿Quién es tu abuelo, Natasha? —pregunté temiendo la respuesta.

—Es el director de la compañía. Yo siempre he bailado para él, desde que mis padres murieron él me llevaba a ver los ensayos y yo comencé a querer bailar. Él me enseñó todo lo que sé.

—Natasha, no debes exigirte tanto, te lastimarás como ahora, también debes darte el tiempo para descansar.

—La gente con talento como tú puede darse ese lujo, yo tengo que trabajar duro —contestó ella fríamente—. Ahora, te agradezco que me hayas traído, pero me voy a casa y te pido por favor que no le comentes a mi abuelo lo que pasó. Si lo haces no me dejará seguir bailando y no podré participar en el ballet.

La chica tomó sus cosas y cojeando salió del hospital. Yo me dirigí a casa pensando en lo que debía hacer, y cuando llegué, le hablé a Miguel Ángel para pedirle un consejo. Me dijo que lo mejor era decirle a su abuelo lo sucedido, después le hablé a Sandra y le hice la misma pregunta, ella dijo lo contrario que Miguel. Me dijo que si quería ganarme la confianza de la niña y ayudarla realmente, debía callarme; si decía algo ella jamás confiaría en mí, y nunca podría ayudarla, pues tal vez le suspendieran el baile un tiempo, pero después sería lo mismo y yo no podría hacer algo por ella. Aunque confiaba más en Miguel Ángel esta vez tenía la corazonada de que Sandra tenía razón, por lo que me callé y esperé a ver a Natasha al día siguiente para platicar con ella y tratar de convencerla para que ella le contara a su abuelo, pues si se lesionaba más no podría volver a bailar nunca, además de que por su edad ella tendría muchas oportunidades en el futuro.

Al cabo del tiempo, Natasha se volvió mi amiga y confiaba en mí. La mayoría de las veces podía detenerla de sus extenuantes, duros e inhumanos ensayos y la llevaba a cenar algo o a tomar un café. Nos llegamos a reunir los días libres y ella me llevaba a conocer Rusia, tal parecía que mi compañía le agradaba a su abuelo y para mí Natasha me parecía una chica muy simpática, y aunque era autoexigente, y parecía fría, engreída y rígida como su abuelo, era la persona más dulce y tierna que hubiera conocido. Yo sabía que muchas bailarinas envidiaban a la jovencita. Veía su talento y su dedicación, pues era bastante joven para la perfección en sus ejecuciones, pero parecía que ni ella ni su abuelo podían ver lo que todos en la compañía veíamos en ella. Gracias a Natasha comencé a conocer más gente, entre ellos Robin, Alexia y Mina, con quienes salíamos y convivíamos mucho. Robin venía de Inglaterra, era un joven atrabancado, muy activo, una persona que toma riesgos, valiente y bromista. Alexia era rusa, igual que Natasha, era algo tímida, reservada y a veces un tanto infantil, casi no hablaba pero era alguien que sabía escuchar a los demás, ese tipo de personas a las que acudes cuando tienes algún problema, alguien digno de confianza. Y Mina provenía de Alemania, era una chica muy superficial, siempre se arreglaba y criticaba la ropa de los demás calificando las combinaciones y lo que estaba o no de moda, y aunque a veces resultaba odiosa, era de fiar; sabíamos que ante cualquier adversidad ella no nos defraudaría. Al cabo del tiempo nos volvimos muy buenos amigos y éramos inseparables. Robin y Alexia se relacionaron de una manera más íntima, lo que puso celosa a Natasha por un tiempo, pero al final todo salió bien. Aunque gran parte de mi vida era el ballet, también me divertía con mis nuevos amigos, lo que me hacía sentir feliz y querida, y aunque no remplazaban a Sandy, me ayudaban a no sentirme sola.

Natasha se acercaba mucho a mí, me platicaba lo que sentía y sus problemas típicos de adolescente, ella buscaba autoafirmarse, encajar en un grupo, y me decía que aunque se sentía muy bien bailando y que ella había elegido ese camino dejando la escuela por dedicarse al ballet, sentía que había algo que le faltaba, y yo sabía lo que era. Natasha estaba creciendo y necesitaba divertirse, convivir con muchachas de su edad y hacer relajo con ellas, dejar de llevar una vida tan controlada y desviarse un rato, dejar la opresión de su abuelo y hacer otras cosas como salir a fiestas, hacer pijamadas, ir de compras y compartir secretos. Así, un día le propuse a su abuelo que nos diera un día libre a Natsha y a mí, explicándole lo que la jovencita necesitaba, y después de una gran conversación con buenos argumentos de mi parte lo convencí y pasé por Natasha. Compramos unas frituras y fuimos al cine, vimos una comedia que nos hizo reír casi dos horas, tanto que terminamos con dolor en el abdomen de tanto hacerlo. Después de eso fuimos de compras; al principio Natasha era tímida y entraba a las tiendas observando todo de lejos sin escoger algo, hasta que yo comencé a probarme cosas como loca recordando las famosas películas gringas donde un grupo de jovencitas de padres con dinero van de compras. Ella me veía con extrañeza, preguntándome si me iba a comprar todo lo que me había probado y yo sólo le sonreí diciéndole con una seña que no dijera nada y le empecé a dar ropa. Ella la colocaba entre sus delgados brazos, apenada y con ganas de irse del lugar, mirándome como si fuera yo una loca, pero a final de cuantas me siguió el juego y nos divertimos un rato en la tienda. La pena y su mirada cambiaron, Natasha reía como nunca y en su rostro se veía reflejada una inmensa alegría; era como un bebé conociendo el mundo, y en realidad era una adolescente disfrutando de lo que se había privado por bailar, dejando salir a flote su naturaleza, pareciendo una jovencita alegre, como cualquier otra chica de su edad, olvidando por un momento el estrés y las presiones del ballet. Después de las compras jugamos videojuegos y la llevé a mi casa, en donde pasamos una noche increíble. La peiné y me peinó de formas distintas, peinados locos, peinados modernos e incluso peinados de los años cuarenta con los que nos reíamos al vernos al espejo. Nos disfrazábamos y actuábamos como las actrices de esas películas antiguas que conocíamos, cantábamos tan fuerte como podíamos, nos hicimos manicura y pedicura colocándonos pequeñas figurillas en la uñas. Nos pusimos mascarillas y nos maquillamos la una a la otra. Al final Natasha terminó contenta pero exhausta, pues nunca se había desvelado, seguía los rígidos horarios de su abuelo y era la primera noche que se quedaba despierta hasta la madrugada. Cuando la noté cansada y con los ojos casi cerrándosele le ofrecí leche y la llevé a dormir, la miré un rato mientras levantaba algunas cosas y sabía que se había divertido, pero no sólo ella era la que había disfrutado de aquello, yo también lo había hecho, pues siempre había soñado con hacer algo así con mis amigas de la secundaria. Pero mi padre nunca me dejó ir a una pijamada, jamás me permitió pintarme hasta el trágico día del juego de cartas, y la ropa que me compraban siempre la escogió él. No iba al cine si no era con él y con mamá, y claro que jamás fui a una fiesta. Muchas veces sentí deseos de escaparme, pero sabía que eso desataría su furia y se desquitaría con mamá y luego conmigo, por lo que nunca me atreví a hacerlo. Esa noche había disfrutado muchísimo con Natasha y me había sentido realmente como una niña de secundaria otra vez. Por la mañana nos levantamos temprano para llegar al ensayo, y antes de entrar a los vestidores, Natasha me dijo que se la había pasado increíble, me abrazó y me dijo que me quería mucho, luego tomó su maleta y sus zapatillas y se cambió de ropa.

9. Maravillosos días en Rusia

Llegó el día de presentar el ballet que habíamos estado preparando. Yo haría el papel del Hada del Azúcar en *El Cascanueces*, y Natasha sería Clara, papel principal del ballet, que le quedaba perfecto porque ella tenía toda la apariencia y complexión de una niña, mientras que Robin sería el Cascanueces. Estaríamos un mes en Rusia y después haríamos presentaciones en Italia, España, Francia, Alemania e Inglaterra, lo cual me parecía interesante pues si íbamos a Inglaterra probablemente tuviera la oportunidad de ver a Miguel Ángel. A pesar de que hablábamos a diario por teléfono, habían pasado cuatro meses desde la última vez que lo había visto y lo extrañaba. A veces, por las noches, antes de dormir, admiraba el anillo de compromiso que me había regalado y soñaba despierta con una gran boda en una preciosa capilla adornada con flores blancas, y una bonita fiesta en un jardín iluminado, elegantes meseros vestidos de traje, una fuente con colores cambiantes en el centro del lugar y yo junto a Miguel Ángel, tomados de la mano, disfrutando el más hermoso día de nuestras vidas, día de júbilo y placer en el que nuestra unión era reconocida por la gente que nos quería, día en que declarábamos nuestro amor el uno al otro, en que dos almas gemelas se unían para formar un mismo ser. Soñaba con ir a comprar mi vestido de novia acompañada de Sandy y de Natasha y soñaba con el día en que me lo pusiera, con un bonito peinado y el rostro con el mejor maquillaje, luciendo completamente hermosa para una sola persona, mi Miguel, porque seré completamente suya y él será completamente mío.

Después del tiempo que permanecimos presentando en Rusia, que se me hizo eterno por mis ansias de llegar a Inglaterra, por fin subimos al avión que nos llevaría a Italia para comenzar la gira. En cuanto subí, caí en la cuenta de que mi sueño de toda la vida se había cumplido, cosa que no me había pasado por la mente por estar pensando en Miguel Ángel, y suspiré de alegría sonriéndome a mí misma, llena de satisfacción. Sin embargo con ambición por seguir siendo cada día mejor. El tour era agotador, pero satisfactorio, todos estábamos contentos con nuestro trabajo, en especial Alexandre que veía los frutos de su cosecha.

El día que llegamos a Inglaterra, Miguel Ángel me esperaba en el aeropuerto con un ramo de flores rojas. En cuanto lo vi me abalancé sobre él, él me dio un beso correspondiéndome el abrazo esbozando una enorme sonrisa en el rostro.

—Te he extrañado tanto preciosa —me dijo con mucho sentimiento y me acompañó hasta el hotel en el que se iban a hospedar los integrantes de la compañía. Subió hasta mi cuarto y me ayudó a acomodar mis cosas después de que el botones las subió.

—No sabes lo mal que la he pasado sin ti, Eli —me dijo tristemente—. No sé cuánto tiempo más pueda aguantar sin verte.

—¿Pero qué dices? —le pregunté sorprendida por lo que acababa de decirme.

—Te extraño mucho, Eli, en realidad no sabes cuánto. Todas las noches sueño con que estés a mi lado y el saber que la boda no será hasta que termine mi doctorado me está matando.

—Yo también te extraño muchísimo, quisiera que estuvieras conmigo también.

—Pídemelo —me dijo.

—¿Pedirte qué?

—Pídeme que regrese contigo, estudiaré ruso y trabajaré allá, sólo tienes que pedirlo.

—No —dije secamente—. Tienes que terminar tu doctorado antes, es tu meta.

—Nada es más grande que mi deseo de estar a tu lado. Pídemelo, Eli, pídemelo.

—No se hable más del asunto —dije firmemente pero con un nudo en la garganta, con intensos deseos de pedirle que regresara conmigo, aun sabiendo que eso no era correcto.

—Eli… —suspiró.

—No —reafirmé, y le di un beso—. Debes terminar tu doctorado —dije abrazándolo y con lágrimas en los ojos—. No me digas que no puedes continuar porque me decepcionarías, serás un gran abogado. —Lo miré a los ojos apretando los labios—. Debes seguir el camino, ya llegará el día en que tú y yo estemos juntos —dije con muchas ganas de llorar.

—Pero Eli…, si no estuviera estudiando podría verte bailar y estar a tu lado cuando lo necesitaras. Quiero casarme contigo, Eli.

—Shhh —le dije poniendo un dedo sobre sus labios—. Yo estaré esperándote, y cada presentación que haga será sólo para ti, aunque tú no estés presente. —Le di otro beso y luego él comenzó a besarme el cuello, a recorrer delicadamente mi cuerpo con sus manos y a despojarme poco a poco de mi ropa, mientras yo me dejaba llevar por sus seductoras caricias, sus hipnotizadores ojos y sus envenenados labios.

El primer día de presentación, Miguel Ángel estaba ahí, en primera fila como yo lo esperaba, mirándome, admirándome y amándome. Cuando terminé de bailar nos llamaron a Robin, Natasha y a mí a una entrevista en televisión. Los reporteros nos hacían preguntas, todos hablaban al mismo tiempo, oía voces y voces sin poder prestar atención a alguna de ellas y con trabajo el traductor nos formulaba algunas de las preguntas sobre cómo nos sentíamos siendo representantes de una compañía tan prestigiosa. Y no sólo eso, sino siendo los mejores bailarines de dicha compañía, cómo lográbamos el éxito, o si los ensayos eran difíciles, cuándo habíamos comenzado a bailar, cuál era nuestra inspiración y también nos pidieron a cada uno que contara un poco de su pasado y las dificultades que habíamos tenido en el camino por llegar a nuestras metas. Realmente fue una entrevista interesante, y aunque en esos momentos me sentía asfixiada entre tanta gente, claro que me gustó después verla en transmisión, y aunque me apenaba un poco, me sentía muy orgullosa de mí. En los días subsecuentes Miguel siempre pasaba a recogerme después de la última presentación del día, a veces, cuando tenía tiempo libre entre clases iba a comer conmigo, y algunos fines de semana salíamos durante casi todo el día. Algunos otros nos quedábamos en la habitación del hotel viendo películas y comiendo de todo lo que nos encontrábamos en el supermercado. Él me consentía preparando el desayuno, dándome relajantes masajes o preparando el jacuzzi con olorosas hierbas y aceites de aromaterapia. Y podría decirse que todas las noches de aquellos hermosos días le hacíamos un culto al amor, disfrutando de cada minuto, de cada segundo, de cada instante que permanecíamos juntos, viviendo en un mundo que parecía no tener reglas durante esos mágicos momentos. Un mundo que era sólo de nosotros dos y de nadie más, uniendo dos cuerpos tan diferentes en uno solo. Conocí a algunos de sus compañeros del doctorado, visité lugares y disfruté al máximo mi estancia en Inglaterra. El día de la última presentación que realizamos, recibí una extraordinaria noticia, las vacaciones de Miguel Ángel estaban a punto de comenzar y regresaría conmigo a Rusia para pasarla allá, y cuando me dieran vacaciones a mí, iríamos a España, a Toledo, en donde conocería a sus padres, y después empezaríamos con los preparativos de la boda que Miguel Ángel deseaba fuera en Granada.

El último ballet fue simplemente bello, Miguel se sentó en primera fila y yo estaba fascinada, con la idea en mente del gran tour que haríamos cuando regresáramos. Cuando terminó la presentación los reporteros de las televisiones se acercaron para que le dijéramos adiós al auditorio en la transmisión; festejamos esa noche con un brindis nuestro último baile, nos reunimos en un elegante salón, todos iban de ropa formal, hubiera deseado que Sandy se encontrara con nosotros, pues todo parecía tan perfecto y bello como si nos encontráramos en un sueño. Todos elegantes y felices, con enormes y radiantes sonrisas en el rostro, entre ellos Alexandre, pero la que más alegre se veía era Natasha. Ella era como un sol saltarín, estaba satisfecha de su trabajo y se sentía orgullosa de sí misma, y yo sabía que seguramente su abuelo la había felicitado o le había hecho algún cumplido, pues su felicidad y su autoestima se basaban en lo que él pensara de ella, de sus ejecuciones, de su baile…

Durante el brindis yo tomaba la mano de Miguel Ángel, sintiendo una indescriptible dicha, pensando en lo bien que el futuro pintaba, en todo lo que aún podía explotar de mí, en todos los lugares que me quedaban por visitar haciendo ballet, en todas las obras que aún me esperaban, en todos los papeles que personificaría. Ese era mi futuro más próximo, pero también pensaba en mi vida con Miguel Ángel, en lo feliz que sería, pensaba primero en conocer a sus padres, en la boda, en cómo sería la casa en la que viviríamos, e incluso en nuestros futuros hijos, en que seríamos una familia armónica y feliz. La noche fue extraordinaria, todos reímos, todos festejamos, y yo me decidí a hablar con Alexandre sobre la forma en cómo trataba a Natasha. Él pareció comprender mis razones, pero me dijo que los padres tienen que ser duros para enseñar a los hijos, y siendo él como un padre para Natasha debía ser estricto para que ella triunfara en la vida. Intenté persuadirlo de no ser tan rígido con ella, pues a mi pensar debía haber un balance entre lo estricto y lo consentidor. Natasha era una buena muchacha y merecía amor, merecía tener también a un padre cálido, que la consintiera un poco. Le expliqué a Alexandre que estaba bien ser duro con ella, pero que también debía ser un poco más tierno y menos frío. Él aceptó su error y me dijo que tenía razón, que iba a intentar cambiar, y luego miró amoroso, con el ego en alto y la cara hinchada de orgullo, a su nieta, que platicaba y reía con Robin y Alexia. Los movimientos de su delgado cuerpo tan armónicos como cuando bailaba, su dulce sonrisa y su gracia innata. Yo la miré viendo en ella a una niña con enormes metas y gigantes sueños por cumplir, una jovencita perseverante y con un futuro lleno de éxito por delante, vi en ella a una gran bailarina y a una gran persona.

Cuando la fiesta terminó Miguel me llevó de vuelta al hotel para que preparara mis cosas para el regreso. Él me ayudó, pues como siempre precavido ya llevaba sus maletas en el auto. A la mañana siguiente salimos en el avión con destino a Rusia. Recuerdo haberme acurrucado en su hombro para quedarme dormida después y cuando desperté, él también dormía.

Lo miré detenidamente suspirando con amor, acariciando sus hermosos bucles que brincaban como resortes cuando los jalaba, y recorriendo con los dedos sus pequeñas y alegres pecas. ¡Cómo quería a mi Miguel Ángel!

Cuando llegamos le enseñé mi departamento emocionada, y él dijo que le faltaban algunas cosas. Salimos toda la tarde y compramos un montón de cosas en las tiendas que nos aconsejó Natasha. Cuando regresamos yo estaba exhausta de tanto caminar, pero él parecía tener toda la energía del mundo. Mientras yo me senté en uno de los sillones con el cabello alborotado y la cara sucia y cansada, él comenzó a sacar las cosas con emoción, las abría ansioso y colocaba todo donde según él debía ir. Yo le dirigía miradas suplicantes para que dejara de hacer lo que estaba haciendo y nos diéramos un relajante baño de tina para dormir después. Pero él parecía no prestar atención, estaba muy entretenido decorando mi departamento, que a decir verdad quedó impresionante cuando terminó. Había detalles y adornos en las mesitas de la sala, cuadros de hermosas bailarinas y velas que le daban un toque místico al lugar. Mi cuarto estrenó colchas, mi tocador se llenó de esencias y fragancias, el comedor se adornó con una planta y una vitrina con figurillas de bailarinas y zapatillas para ballet, todo en cristal. Pero lo que más me gustó fue lo que me encontré sobre uno de los burós: un portarretratos muy elegante con una foto de los dos. Después de terminar con su ardua labor de decorador de interiores, me dio un beso y un abrazo, para después tomarme de la mano y dar cumplimiento a mi súplica de la tina.

A la mañana siguiente despertamos temprano para comenzar con el recorrido turístico que le tenía preparado. El primer lugar que visitamos fue el Kremlin, sitio que me gustaba mucho porque están representados los monumentos de seis siglos de la historia de Rusia. Cada uno con su particular estilo arquitectónico, todo un libro de historia en aquel recinto tan bello. Mi lugar favorito del Kremlin, por ser en su escenario donde tienen lugar las famosas óperas y el ballet de mi compañía, es el Palacio de los Congresos, construcción representante del siglo XX. Sin embargo el lugar que más le gustó a Miguel Ángel fue el Arsenal, ubicado justo enfrente del Palacio de los Congresos. El Arsenal había sido depósito de armamento y trofeos de guerra y actualmente, sobre su fachada, se encontraban antiguos cañones hechos por fundidores rusos y piezas tomadas por las tropas rusas al ejército de Napoleón. Miguel Ángel estaba fascinado observando los cañones, los inspeccionaba minuciosamente fijándose en cada uno de los detalles y me pedía emocionado que le tomara fotos junto a ellos y junto a algunas de las piezas que más le gustaban. Entonces supe que la siguiente construcción que visitaríamos sería el Edificio Gubernamental, ya que a su derecha y frente a este se halla el Zar Cañón, el cañón más grande del mundo, con el que jamás se efectuaron disparos. Sabía que le encantaría a Miguel ver este monstruo de cerca; y efectivamente, cuando nos acercamos, sus ojos se volvieron grandes, abrió la boca en expresión de sorpresa y, como un niño pequeño, lo señaló emocionado diciéndome: «¡Ya viste ese monstruo! ¡Es impresionante!». Y me tomó de la mano para acelerar el paso y encontrarse cerca del cañón. Anonadado lo observó esbozando todo tipo de expresiones y preguntándose qué se sentiría al dispararlo, preguntándose por qué nunca se habían decidido a disparar aquello tan espectacular.

Vimos también la Zarina Campana, y nos dirigimos a la Plaza de las Catedrales en el centro del Kremlin pasando por la de la Asunción, que era hermosa y tenía una gran historia, pues ahí eran coronados los zares rusos, y así como la imaginación de Miguel había salido a brote con el Zar Cañón, la mía lo hacía en esa hermosa catedral. Me la imaginaba llena de nobles en una bonita y solemne ceremonia de coronación, donde yo era el zar que iba a ser coronado. Todos bien vestidos, con esos magníficos atuendos de la época que tanto me gustaban, como la catedral de la Anunciación, que era el templo privado de los grandes zares y príncipes rusos. Todo lleno de misticismo, de belleza y de historia que me hacían volar en un viaje al pasado donde yo era la protagonista. Pero lo mejor de todo, a mi parecer, fue el Palacio del Patriarca, pues tenía los aposentos personales de los zares, cosa que me cautivó y me hizo sentir como una princesa.

Visitamos también el Campanario de Iván el Grande y el Gran Palacio, al final fuimos al edificio de la Armería, el museo más antiguo de Rusia fundado por orden del zar Pedro I a base de los depósitos de armas, arneses, armaduras y joyas que existían desde la Edad Media, donde vimos obras de gran valor histórico y artístico, testimonio del talento de varias generaciones de artífices rusos y extranjeros.

Fue un paseo bastante cansado, pero muy fructífero, el cual disfrutamos mucho y nos hizo aprender demasiado. Antes de llegar a casa pasamos a cenar algo para después irnos directos a la cama a descansar después de tanto ver y caminar. Estuvimos cuatro días en Moscú, visitamos la Plaza Roja, la Montaña Poklonnaya, la Catedral de San Basilio, el Parque Gorki junto al río Moscova, y la Torre de Shújov. Después abordamos el avión hacia Madrid para dirigirnos a Toledo. Estaba nerviosa desde la noche anterior cuando preparaba mi maleta, pensando en cuál sería la ropa apropiada para ponerme en presencia de los padres de Miguel. Todo el camino me la pasé pensando en qué podría platicar con ellos, imaginándome su físico y su personalidad, esperando ser aceptada y causar una buena primera impresión. Me imaginaba a una madre amorosa y consentidora, y a un padre estricto y duro, pero muy educado y comedido; a juzgar por la personalidad de Miguel Ángel, su padre debía de ser estricto, muy al estilo de Alexandre. O era así como yo me lo imaginaba y por el mismo motivo estaba nerviosa, realmente quería que la familia de mi prometido me aceptara, que me consideraran una buena opción para su hijo, llevarme bien con mi suegra y poderle pedir consejos cuando los necesitara, y que mi suegro estuviera orgulloso de su hijo y feliz con su futura nuera.

Llegamos a un lugar muy bonito, yo observaba las calles que recorríamos con admiración, tratando de grabar todo en mi memoria para nunca olvidarlo. El taxi se estacionó frente a una casa bardeada con tablas de madera color blanco. Detrás había un hermoso jardín y en el fondo, la fachada de una casa enorme con tejas rojas y una preciosa puerta de madera con cristal. El taxista nos ayudó a bajar las maletas, pasamos la barda de madera para acercarnos a la puerta y entonces Miguel Ángel tocó el timbre. Un escalofrío recorrió mi cuerpo, tomé un enorme suspiro para controlar mis nervios y traté de mantenerme firme, segura de mí misma, y causar la impresión de una mujer independiente, audaz y con decisión frente a mis futuros suegros. La cerradura de la puerta hizo un ruido que me puso más nerviosa de lo que ya estaba, y una elegante señora de vestido blanco y de cabello ondulado y rojizo se presentó en la puerta. Hizo una expresión de asombro y con alegría abrazó a Miguel pronunciando su nombre y dándole un beso en la mejilla. Entonces llegó mi turno, él me presentó a su madre, jamás olvidaré esas palabras: «Mamá, te presento a Elizabeth, mi prometida». Yo la saludé con gusto, y ella correspondió el saludo observándome detalladamente, después nos invitó a pasar, dejándome maravillada con el espléndido interior de la casa. El aroma era delicioso, como un olor a madera mezclado con una planta llamada 'Huele de noche'. Los preciosos cuadros le daban luz a las paredes de madera, el piso rechinaba un poco a cada paso, y si la casa se veía grande por fuera, era muchísimo más amplia por dentro. Todo parecía estar en el lugar adecuado, a tal manera de causar una inigualable sensación de armonía. Era como si todo estuviera acomodado perfectamente.

Ya dentro de la casa, la madre de Miguel le habló a su esposo diciéndole que su hijo se encontraba de visita, y un señor con mucha personalidad bajó inmediatamente por las escaleras con una pipa en la mano y contento saludó a su hijo dándole un abrazo muy efusivo. Igualmente, como lo había hecho minutos antes, él me presentó a su padre y yo lo saludé nerviosa. La señora, amablemente, nos invitó a pasar al comedor. Recuerdo que me tomó de la mano y me llevó hasta una de las sillas.

—Siéntete como en tu casa, querida —me dijo alegre, y un muchacho se acercó a la mesa y nos ofreció algo de tomar. El señor de la casa parecía muy interesado en saber acerca de la vida de Miguel Ángel, mientras que la señora no paraba de preguntarme cosas enterándose un poco de la vida de la futura esposa de su hijo.

Ese día salimos a conocer El Parque Nacional de Cabañeros, lo cual me pareció una visita llena de aventura, misticismo y belleza. Tomamos uno de esos recorridos guiados y viajamos un rato en el carro dirigiéndonos al Castillo de Montalbán. Lo último del camino antes de llegar fue un recorrido «senderista», como lo llamaba el guía. Mientras caminábamos, el guía nos iba mostrando la flora, como el abedul o el tejo, que son especies amenazadas, y las formaciones de melojo; también nos mostró la fauna, como ciervos y una que otra águila imperial ibérica que pasaba volando de vez en cuando. El lugar era hermoso y la caminata, aunque cansada, fue extraordinaria. Me sentía como parte de la naturaleza, admiraba su belleza y todo lo que uno puede perderse u olvidar en las grandes ciudades. Era como si me encontrara en un paraíso mágico donde podía escuchar claramente el sonido de las diferentes aves que cantaban a ritmos y tonos muy distintos, oler el aroma del brezo rubio y sorprenderme con la belleza de las flores de la jara cervuna que sólo me transmitían pureza en los impecables tonos blancos de sus vistosas flores. Entre tanta naturaleza observamos a lo lejos el famoso Castillo de Montalbán, construcción con la que me quedé impactada y que me fue impresionando cada vez más conforme nos acercábamos a esa gigante y majestuosa construcción. Lo que más me llamó la atención fueron los vestigios musulmanes en su interior, pero la totalidad de la construcción tenía un toque muy especial, sobre todo la zona sur en donde, por haber un valle, estaban instaladas todas las defensas.

Cuando caminábamos de regreso, comenzó a brisar, lo que le dio al recorrido un cierre estupendo, pues el agua levantaba el olor de la vegetación provocando un entorno de ensueño. El día fue agotador pero fascinante, y cuando regresamos a casa tenía una buena impresión de lo que eran mis futuros suegros: él era estricto y reservado, casi no me hablaba, aunque nunca se mostró maleducado, era una persona muy culta y refinada como Miguel Ángel, pero inflexible y severo, bastante riguroso, tal como me lo había imaginado; y ella era tierna, platicadora y muy consentidora, aunque también muy superficial y exigente; ambos se veía que querían mucho a su hijo.

Uno de esos días, durante la hora de la comida, Miguel Ángel tomó valor y les comunicó a sus padres la noticia que más me emocionaba. Les dijo que quería que ellos nos acompañaran a Granada para escoger el lugar de la boda. La madre saltó de emoción dejando caer la cuchara de la sopa y luego me abrazó y abrazó a Miguel, mientras que el padre, serio, afirmó con la cabeza.

—Me da gusto que hayas encontrado una buena pareja y desees casarte con ella, sabes que tienes todo nuestro apoyo. Haces una buena elección al ir a Granada, no puede haber mejor y más bello lugar para celebrar tan importante acontecimiento. —Hizo una pausa sin dejar atrás la seriedad—. Elizabeth, muchas felicidades. Hijo mío, debes cuidar y honrar a esta belleza que tienes frente a tus ojos. —Tras sus palabras, los colores se me subieron al rostro, sentí como si una explosión de calor recorriera mi cuerpo hasta llegar a mi cabeza y concentrarse en mis mejillas, y no pude decir más que un tímido «gracias».

Estaba contenta, parecía que agradaba a sus padres, e incluso su padre me había hecho un cumplido. La señora se portaba excelente, siempre estaba atenta a lo que necesitara, pero también dentro de sus cuidados se encontraba el ojo crítico que me veía en todo momento evaluando mi comportamiento y mi educación. La semana que pasamos en Toledo estuvo llena de actividades: visitamos la Plaza del Zocodover, el Museo de los Concilios y del Arte Visigodo, el Puente de Alcántara, el Convento de San Clemente, el Museo de Arte Contemporáneo y el Museo Nacional del Ejército.

La última noche, antes de partir a Granada, la madre de Miguel fue a buscarme a la habitación en la cual me hospedaba. Yo me cepillaba el cabello mojado cuando ella tocó. Abrí sonriente y ella me dijo que quería platicar conmigo; se sentó en la cama y yo me senté junto a ella atenta.

—Elizabeth, me pareces muy jovencita para casarte, pero si eso es lo que ustedes dos desean me parece bien —dijo ella—. Aunque supongo que esperarán tiempo para tener familia ¿cierto?

—Sí, señora, la familia vendrá después, pues si me embarazara pronto ya no podría seguir mi carrera como bailarina, en la cual tengo puestas grandes expectativas —contesté cuestionándome el motivo de su pregunta cuando Miguel era varios años mayor que yo y él estaba en la edad perfecta para ser padre.

—Muy bien, niña, disfruta estar al lado de Miguel Ángel sin la responsabilidad de tener hijos. Yo sé que mi esposo le dijo a Miguel que te cuidara, porque eso debe ser así: el esposo debe cuidar a su mujer y en eso estoy completamente de acuerdo, pero quisiera pedirte un favor, Elizabeth —me dijo ella con seriedad y una inmensa mirada de amor—. Cuida mucho a mi Miguelito, jamás lo había visto tan enamorado de alguien. Si tú lo llegaras a defraudar no sé de qué sería capaz; sabes que es un hombre impulsivo y…

—No se preocupe, Catalina —le dije para tranquilizarla—. Mi corazón le pertenece sólo a su hijo. No sería capaz de siquiera hacerle un pequeño rasguño, y no sabría decirle quién está más enamorado de quién.

—Gracias, Eli —dijo ella—. ¿Sabes? Eres una mujer guapísima y eso me escama, pues debes de tener un montón de pretendientes.

—Gracias, señora, por el cumplido, pero no se preocupe por eso, soy completamente de Miguel Ángel y de nadie más.

—Me caes muy bien, Eli, eres una chica dulce, tierna y seria y es por eso que quiero darte esto. —Ella se levantó de la cama y me hizo un ademán para que la siguiera. Nos dirigimos a un cuarto con un gigantesco armario, ella lo abrió y sacó un hermoso vestido blanco—. Es mi vestido de novia —me dijo—. Sólo habría que hacerle unos cuantos ajustes, pues tú eres muy delgada, pero apuesto a que te verás fantástica. —Yo me llevé las manos al rostro sorprendida y emocionada, unas lágrimas escurrieron por mis mejillas y entonces tomé el vestido sin poder pronunciar palabra—. No tengo hijas, así que me gustaría que tú lo usaras.

—Gracias, Catalina —contesté por fin secándome las lágrimas y admirando el vestido.

—No le digas a Miguel que te lo he dado, o pensará que apresuro las cosas.

—No se preocupe, no se lo diré —dije sonriendo.

—Y Eli... El vestido te lo doy sólo si tú quieres usarlo, no te sientas obligada a llevarlo.

—¡Pero cómo no usarlo! —exclamé—. ¡Es el regalo más bonito que he recibido! —dije dejando escapar unas cuantas lágrimas más de la alegría que en esos momentos sentía.

Me fui a dormir muy contenta y a la mañana siguiente seguía con esa sonrisa en el rostro, pero también estaba triste y a la vez emocionada; quería conocer otro lugar, pero también me daba tristeza dejar Toledo, que me había parecido un lugar fascinante y acogedor, incluso tal vez una segunda casa gracias a la hospitalidad de los padres de mi prometido.

10. De viaje

Llegamos a Granada ya por la noche, buscamos un hotel donde dormir y después de dejar nuestro equipaje salimos a cenar, tuvimos una plática muy amena y planeamos las actividades de los próximos días.

A la mañana siguiente, muy temprano, nuestra primera visita, a sugerencia del padre de Miguel Ángel, fue la Catedral de Santa María de la Encarnación, una hermosa construcción con fachada al estilo barroco organizada en tres arcos con casetones que me recordaban a las fotografías que alguna vez había visto en los libros de los arcos del triunfo romanos. En su interior está la Capilla Mayor, compuesta por una serie de columnas corintias sobre cuyo capitel se encuentra la bóveda, que alberga, al igual que los espacios inferiores sobre las columnas, una serie de ventanales con delicadas y preciosas vidrieras. Ahí pude admirar las increíbles estatuas orantes de los Reyes Católicos, y también la presencia en la parte superior de un jarrón con azucenas, aludiendo al carácter virginal y puro de la madre de Dios. Visitamos también las capillas de Nuestra Señora del Carmen, la de la Virgen del Pilar, la de Nuestra Señora de las

Angustias, la de Santa Lucía y la de San Cecilio. Todas me parecieron magníficas, pero la que más me gustó fue la Capilla Mayor. Después visitamos lugares como la Antigua Iglesia de San Sebastián, la Basílica de San Juan de Dios, la Capilla Real de los Santos Juanes y la Capilla de San Juan de Dios.

Nuestros días en Granada fueron de lo mejor, sobre todo porque en cada catedral me imaginaba la gran boda, todas me parecían increíbles y no podía decidirme por una para un acontecimiento tan importante para mí, único e irrepetible; se trataba de recibir la bendición de Dios ante sus ojos y en su casa, unirme en santo matrimonio con Miguel Ángel.

Él me decía que ya había elegido una, pero que yo tenía la última palabra en la elección del lugar. Su madre me preguntaba curiosa todo el tiempo cuál sería mi elección, pero yo no podía responderle, ni siquiera podía responderme esa pregunta a mí misma. Al ver mi indecisión, mi futuro suegro comenzó a exponer las ventajas y desventajas de una y otras, hasta que por fin decidí que el lugar perfecto sería la Catedral de Santa María de la Encarnación, la primera que habíamos ido a visitar. Llegó el momento de regresar a Inglaterra, pues aunque yo tenía todavía vacaciones, Miguel Ángel estaba por entrar de nuevo a sus clases. Mis futuros suegros se despidieron animosos esperando volver a vernos pronto, y yo regresé satisfecha y tranquila por haberme ganado la aceptación, pero sobre todo emocionada por los preparativos de la boda.

Cuando llegamos a Inglaterra estaba lloviendo, tomamos un taxi hacia la casa para dejar nuestro equipaje y después Miguel me invitó a cenar. A decir verdad los dos nos encontrábamos muy entusiasmados y eso tenía que celebrarse, por lo que llegamos a un hermoso restaurante y pedimos *champagne* para brindar por el futuro y por los preparativos de la boda. Estuvimos platicando y riendo unas dos horas hasta que decidimos partir para ir a descansar, pues Miguel debía levantarse temprano al día siguiente. Nos subimos al auto y él puso una canción muy romántica de un disco antiguo. Disfrutaba al máximo del momento y me recargaba en su hombro. En esos momentos me sentía completa y exitosa, pensaba que nada podía faltarme en la vida y también pensaba en que si tuviera que vivir de nuevo mi brutal infancia para conocer a Miguel Ángel, lo volvería a hacer; porque parecía que todo había sido diseñado con ese fin y todo lo que antes me había parecido malo ahora eran sólo las cuestas que había tenido que subir para alcanzar la felicidad. Los caminos resultaban inciertos, pero todos tenían un fin y un destino, y el mío era estar junto a Miguel Ángel y formar una familia con él, una familia armoniosa en la que nunca faltaría el amor.

Llegamos a casa y nos acostamos, pasé dos fantásticas semanas en Inglaterra en las cuales conocí el extraordinario y famoso Palacio de Buckingham, fuimos a Stonehenge, lugar que me asombró, también recorrimos la Murallas de York y vimos una comedia en el Teatro del lejano Oeste en Londres, por decir algunos lugares a los que fuimos. También acudí a las clases de Miguel como oyente y conocí a sus compañeros, con quienes organizamos una comida antes de que yo regresara a Rusia. Mis vacaciones fueron increíbles, pues nunca había salido del país, y conocer diferentes culturas y personas fue algo fascinante, sin mencionar todos los hermosos lugares que visitamos en los diferentes países. Soñaba con una luna de miel en un crucero por Alaska o tal vez perdernos en los exóticos paisajes de Centroamérica y sus atractivos carnavales.

El día de la despedida fue muy triste, después de la comida Miguel me llevó al aeropuerto. Lo abracé tan fuerte como pude antes de irme, y él hizo lo mismo. Todo era muy emotivo, se me escaparon unas cuantas lágrimas de los ojos y entonces él me volvió a decir que se lo pidiera, que le pidiera que regresara. Yo sonreí, me sequé los ojos y le dije que le pusiera muchas ganas en sus estudios, que yo bailaría también con todo el empeño y que lo estaría esperando cuando fuera tiempo. Por último lo besé y tomé mis maletas para alejarme por el pasillo que llevaba a los pasajeros para abordar. Estuve a punto de regresar, regresar para decirle que no me quería ir, que renunciaría a mi trabajo por quedarme con él, pero sabía que eso no era lo correcto y que esa decisión sería inaceptable para él y sólo lo decepcionaría. Además todavía me quedaba mucho tiempo como una gran bailarina, y no renunciaría a mis sueños por sentimentalismos; sabía que en Rusia me esperaban mis amigos y mucho trabajo para el siguiente ballet, pero también me esperaban mis sueños y mis metas que no dejaría escapar. Debía ser la mujer fuerte que Miguel siempre había admirado. El avión despegó y yo tan sólo vi alejarse por la ventana la bella ciudad.

Llegué a Rusia un poco triste, pero ansiosa por ver de nuevo a Natasha y contarle sobre mis vacaciones y que ella me contara de las suyas; ansiosa de bailar de nuevo, porque después de tanto tiempo ya me hacía falta, y aunque todas las mañanas de las vacaciones había ensayado para no perder la condición, ansiaba estar de nuevo en el estudio de ballet con las demás bailarinas, escuchando la voz de Alexandre haciendo correcciones, escuchando la música, practicando nuevos pasos, nuevas obras y bailando, bailando y bailando sin césar al ritmo que mi cuerpo me indicaba, al ritmo que mis oídos mandaban.

Cuando nos reunimos por la mañana, todos estaban muy contentos, platicaban de sus vacaciones en los vestidores y todos se veían entusiastas y ansiosos por comenzar, por conocer cuál sería el próximo ballet y por qué personaje pelearían.

Cuando Alexandre se acercó, guardaron silencio y lo rodearon. Él venía acompañado de Natasha, que se acercó a mí diciéndome al oído que su abuelo estaba entre dos obras, y fue entonces cuando Alexandre nos dio a escoger: una era *Romeo y Julieta* y la otra *Coppélia*. Todos comenzaron a hablar, exponiendo sus pros y sus contras con respecto a uno y a otro, hasta que por fin se decidió que sería *Romeo y Julieta*, para contrastar con el final feliz del *Cascanueces*, pues *Romeo y Julieta* era una tragedia, mientras que *Coppélia* era una divertida comedia. Después de la decisión, Natasha corrió a los vestidores a cambiarse emocionada.

Comenzamos los ensayos, y al final del primer día, cuando iba ya de salida, Alexandre me habló y me dijo que quería que yo representara a Julieta, que pronto estaría en la cima de la fama y que debía empeñarme como hasta el momento lo había estado haciendo.

Los ensayos siguieron y preparamos la obra con dedicación. A mí en lo particular se me hacía una obra triste, pero magnífica, y cuando fue hora de presentarla hicimos un recorrido parecido al que habíamos hecho con el *Cascanueces*, estrenando el ballet por supuesto en el grandioso Teatro Bolshoi. Esta vez tuvimos la oportunidad de ir a Estados Unidos y a México, países que se anexaron al recorrido de los próximos ballets que presentaría la compañía. A cada periodo vacacional iba a Inglaterra a visitar a Miguel Ángel, y como Alexandre lo había mencionado, me encontraba en la cima de la fama. Habíamos presentado *El Lago de los Cisnes*, *La Creación del Mundo*, *Carmen* y, por último, *Giselle*, un conmovedor ballet que se volvió mi favorito. Yo caractericé personajes como Odette, Eva, Carmen y por supuesto Giselle. Me emocionaba ver fotografías mías bailando en los espectáculos. Realicé varias entrevistas en televisión y tenía citas para firmas de autógrafos y para acudir a las pequeñas escuelas de ballet para niñas donde todas me admiraban y querían platicar conmigo. Me preguntaban cuánto me había costado llegar hasta donde estaba y me daban sus cuadernillos o sus zapatillas para que las autografiara. A veces la gente me interceptaba en la calle simplemente para hacerme un cumplido o felicitarme por mi talento y otras tantas, cuando me encontraba con Miguel Ángel, él presumía en todos lados que su prometida era la famosa y bella bailarina Elizabeth Finestan, nombre que por fin era reconocido en el mundo de la danza y del espectáculo cultural.

11. Tragedia

Cuando Miguel Ángel terminó sus estudios, acudí a la graduación con gusto, orgullosa de él y muy contenta, pero sobre todo pensando en que pronto sería Elizabeth de Lisboa. Pensaba en la boda, en los preparativos, en lo feliz que me sentiría aquel día, en el vestido de novia que la madre de Miguel me había dado y que ya había mandado a arreglar, en el gigantesco pastel que quería para mi boda y en los invitados. Cuando la fiesta de graduación terminó esperamos un día para abordar el avión a Rusia, pues tenía una cita para una entrevista de una revista y después de eso viajaríamos a Granada para organizarnos con el párroco que nos casaría en la Catedral de Santa María de la Encarnación. Sin embargo después de la entrevista decidimos quedarnos un poco más de tiempo en Moscú, pues los padres de Miguel, que después de la graduación habían viajado directos a Granada, ya habían arreglado el día con el párroco. Así que nosotros nos dispusimos a entregar las invitaciones de mis amigos en Moscú antes de ir a Toledo a repartirlas a los familiares y amigos de mi futuro esposo.

Le habíamos dejado invitación a casi todos mis amigos del ballet, y le había mandado las suyas a Sandra, Humberto y Yuli por correo. Sólo nos faltaba entregar una que tenía dos boletos, el de Natasha y el de Alexandre, que estaban de vacaciones en un lugar un poco retirado, lo que Alexandre llamaba «la casa de campo», por lo que empacamos y tomamos la carretera.

Acababa de nevar y el piso estaba resbaloso para el carro, nos abrigamos y pusimos la calefacción, cantamos unas cuantas canciones durante el camino mientras comíamos unos emparedados que había preparado. Pronto atardeció y me recargué sobre el hombro de Miguel para dormir un rato, cuando me desperté estaba lloviendo y unas flores estaban sobre mis piernas.

—Son para ti, florecita —me dijo Miguel al verme despierta. Se estacionó en el acotamiento de la carretera desabrochándose el cinturón de seguridad para darme un beso—. Te amo, Elizabeth —me dijo, y volvió a acomodarse para seguir con el camino, pero entonces escuché un rechinido de llantas, sentí un fuerte golpe en el auto y todo se volvió negro.

Cuando reaccioné y abrí los ojos, seguía dentro del auto, había mucho humo alrededor. Un camión con doble remolque se encontraba a lado de nosotros; no debía haber pasado mucho tiempo desde el accidente y un insoportable dolor recorría mi pierna izquierda. La tomé con ambas manos emitiendo un quejido.

—Eli. —Escuché la débil voz de Miguel, pero al voltear no lo vi en su asiento, un escalofrío recorrió mi cuerpo y el dolor se esfumó por unos segundos cuando miré el parabrisas del lado del conductor destrozado. Me desabroché el cinturón de seguridad y después salí por la ventana rota del destrozado auto dejándome caer sobre el asfalto para llegar a rastras hasta donde Miguel se encontraba. Le acaricié la cabeza mirando asustada el charco de sangre que se encontraba rodeando su cuerpo.

—Eli, ¿te encuentras bien? —me dijo con esfuerzo.

—Estoy bien, estoy bien —le contesté preocupada y con dolor en la pierna. Lesionada tomé mi teléfono de la bolsa del pantalón para llamar a los servicios de auxilio.

—No sé qué habría pasado si te hubieras hecho daño—me dijo tosiendo un poco de sangre.

—Calma, amor, calma, está bien, todo está bien —dije asustada sin dejar de acariciar su cabello ensangrentado. Un dolor que recorrió nuevamente mi pierna me hizo emitir un pequeño quejido.

—¿Seguro que estás bien, amor? —dijo él quejándose del dolor.

—No te preocupes por mí, yo estoy bien —le dije con la respiración agitada debido a mi nerviosismo al ver a mi prometido en tales condiciones, sin saber qué hacer y tratando de ocultarle mi dolor.

—Te amo, Eli —me dijo con una expresión de dolor en el rostro—. Te amo —me dijo nuevamente, pero esta vez suspirando. Luego cerró los ojos.

—¡Miguel! ¡Miguel! —exclamé zarandeando su cuerpo.

—Aquí estoy, Eli —me dijo sin abrir los ojos—. Es sólo que tengo mucho sueño.

—¡Miguel, no te duermas! ¡Escúchame, sigue escuchando mi voz!

—Eli, ¿puedes tomar mi mano? Quiero sentirte cerca de mí. —Yo tomé su mano helada apretándola con fuerza, y él apretaba la mía con todas las fuerzas que le quedaban—. Siempre seré tu ángel guardián —me dijo con los ojos cerrados y con una respiración muy profunda—. Te amo, Elizabeth.

—Yo también te amo, Miguel —contesté con lágrimas en los ojos.

—Eli, prométeme que tu próximo ballet será sólo para mí —me dijo abriendo los ojos y mirándome con amor.

—Lo prometo —le contesté.

—¿Aunque yo no esté presente? —Hubo un silencio por mi parte, esa pregunta en la situación en la que nos encontrábamos me aterrorizaba—. Te amo, Eli —dijo él emitiendo esta vez un gran quejido que me hizo estremecer, y comenzó a toser sangre de nuevo, pero esta vez en mayor cantidad.

—¡Miguel! ¡Miguel! ¡Aguanta, Miguel! ¡Los servicios de emergencia ya vienen hacia acá! —le grité desesperadamente.

—Prométeme que bailarás sólo para mí aunque yo no esté presente —me dijo con mucho esfuerzo y temblando, con las manos heladas y con frío sudor escurriéndole de la frente.

—Lo prometo, mi amor, lo prometo —dije apresuradamente.

—Siempre te estaré cuidando, mi preciosa niña. Recuerda que siempre seré tu ángel guardián. Te amo —dijo cerrando los ojos y emitiendo un último suspiro. La poca fuerza que le quedaba se desvaneció, dejó de apretar mi mano y su pecho dejó de moverse.

—¡Miguel! ¡Miguel! —grité desesperada y moviéndolo agitadamente—. ¡Miguel Ángel Lisboa, no te atrevas a dejarme! ¡Miguel Ángel! ¡Miguel Ángel! —Y comencé a llorar descontroladamente recargando la frente sobre su pecho—. Miguel…, mi vida…, mi amor…, abre los ojos, mi amor. Abre los ojos, chiquito, por favor. No me dejes sola, mi vida… Te amo, Miguel… Te amo…

Me quedé llorando sobre su cuerpo sin querer aceptar la situación. Pocos minutos después llegó una ambulancia. Yo estaba completamente disociada del presente. Me subieron a una camilla, recuerdo algo que sujetaba la pierna en la cual había tenido mucho dolor que se había esfumado por unos instantes cuando estuve junto a Miguel. Y entonces mi peor temor, aún tenía las esperanzas de que Miguel Ángel solamente estuviera inconsciente hasta que el personal de la ambulancia cubrió su cuerpo con una manta blanca. Quise salir de la camilla, dirigirme a Miguel, recuerdo haber luchado con uno de los muchachos que me atendía para que me dejara salir, pero mis esfuerzos eran inútiles. La ambulancia comenzó a avanzar y yo sólo me limité a llorar, a llorar aclamando a mi Miguel...

Pasé unas semanas en el hospital. Yuli y Humberto,, que se habían enterado de lo ocurrido acudieron a verme junto a Sandra. También recibí la visita de Alexandre, Natasha, Robin y Mina. En las noticias se hablaba del trágico accidente: un tráiler de doble remolque había impactado contra un auto en el acotamiento al perder el control, y yo sólo me moría de la tristeza.

El funeral de Miguel fue en Toledo. Días después recibí la visita de la señora Catalina y de su esposo, que me llevaron una carta que Miguel Ángel les había dado a guardar antes de irnos de Granada. Me dijeron que me estarían apoyando en cualquier cosa que necesitara y partieron tan rápido como habían llegado.

Por mi parte, me la pasaba pensando en Miguel Ángel, leía la carta una y otra vez derramando lágrimas cada vez que la veía. Era una carta preciosa en la cual me declaraba su amor de muchas formas distintas. Yo sólo pensaba en volver al pasado, pensaba en haberle dicho a Miguel que se pusiera el cinturón, pensaba en tantas formas y alternativas de haber podido evitar el accidente, si tan sólo hubiera podido hacer algo al respecto... Si hubiera...

Los médicos decían que había tenido mucha suerte de resultar con vida de aquel accidente tan atroz, pero cada vez que lo decían yo deseaba estar muerta, acompañar a Miguel y vivir juntos y felices para siempre junto a Dios en el Reino de los Cielos. Todas las noches me dormía con la esperanza de no despertar al siguiente día, que los riesgos que me habían comentado sobre la cirugía se hicieran realidad y me causaran la muerte, soñar para siempre con mi querido Miguel... Estaba tan triste que, durante esos días en el hospital, intenté suicidarme una vez, lo que me condujo a una interconsulta con el psiquiatra que hizo más larga mi estancia antes del alta.

Ya nada parecía importarme, ni siquiera me causó la más mínima angustia que los médicos me informaran de que no podría bailar nunca más debido a la fuerte lesión que había sufrido en la pierna. Decían que necesitaría mucho tiempo de recuperación, y mucha rehabilitación para recuperar una función aceptable; pero eso me resultaba indiferente. Yo sólo quería dormir y soñar, y jamás despertar, porque el mundo sin Miguel Ángel me parecía obscuro y vacío, ya no valía la pena seguir viviendo si no era a su lado.

A pesar de que podía tener un lugar propio y valerme por mí misma sin dificultad alguna en cuanto al aspecto económico, e incluso darme una vida con lujos, cuando me dieron de alta regresé a la casa de Sandra, bajo la recomendación del médico de que no me quedara sola. Mi amiga me cuidaba mucho, yo agradecía sus atenciones, pero la verdad era que no tenía ganas vivir. Ella contrató un psicólogo que me ofrecía terapia a domicilio, pero nada parecía funcionar; mi depresión era grande y mis ganas de vivir muy pocas. Todas las noches soñaba con su muerte, con el suceso, con su cuerpo empapado en sangre y con la impotencia de nunca poder hacer algo por el amor de mi vida, pues en todos los sueños él terminaba muriendo y yo despertaba agitada y llorando. Era como revivir el evento noche tras noche, lo que el psicólogo llamaba estrés postraumático.

Sin embargo, una de esas noches en las que pensaba ya nada me quedaba, soñé algo distinto. Soñé con Miguel, pero esta vez él estaba radiante, más bello que nunca, con sus hermosos bucles rojos que brillaban, su blanca y resplandeciente piel con esas risueñas pecas que la adornaban y que tanto me gustaban. Su perfecta sonrisa y el exquisito olor de su loción que siempre me había cautivado. Soñé que llegaba a visitarme a casa, vestido completamente de blanco y se acercaba a la cama donde yo dormía, se sentaba junto a mí.

—Preciosa, recuerda tu promesa —entonces yo despertaba.

—¿Qué promesa? —le preguntaba todavía adormilada.

—Yo estaré aquí vigilándote, observándote, pues siempre seré tu ángel guardián —me decía acariciando mi cabello.

—Regresa, Miguel Ángel, te extraño —le decía yo.

—Recuerda tu promesa y recuerda que pronto estaremos juntos, pues lo que parecieran cien años en la Tierra son sólo un instante en el Reino del Señor —me decía y entonces desaparecía y yo despertaba al instante.

Tuve este sueño un par de noches y todo el día me preguntaba qué promesa era la que Miguel Ángel quería que yo cumpliera. ¿Realmente era él o todo era producto de mi imaginación, parte de los juegos de la mente, los que realiza en los sueños?

Un día recibí la inesperada visita de Natasha. No le presté mucha atención, pues la presencia de quien fuera me resultaba completamente indiferente, pensaba en dormir para soñar con Miguel vestido de blanco. Pero entonces Natasha me preguntó con tristeza si volvería a bailar y fue cuando mi mente se aclaró, las lagunas que me habían quedado del accidente desaparecían y recordé la promesa que Miguel me aclamaba en sueños:

mi próximo ballet sería para él aunque no estuviera presente. En ese momento reaccioné, decidí que era tiempo de actuar y cumplir con la promesa que había hecho, tal vez después de cumplirla, Miguel Ángel vendría a recogerme y por fin estaríamos juntos para siempre. Me empeñé más en la rehabilitación, con la esperanza de que los médicos se equivocaran y yo recuperara no sólo una función aceptable, sino una función completa para poder bailar de nuevo y dedicarle a Miguel cada uno de mis movimientos, cada una de mis ejecuciones. Sólo estaba a un ballet de distancia de Miguel, sólo debía esforzarme por seguir adelante y cumplir la promesa para que él viniera por mí.

Debo decir que recibí mucho apoyo de mis amigos, en especial de Sandra, que era muy optimista y que al igual que yo esperaba un diagnóstico erróneo por parte de los médicos. Ella acudía a las terapias conmigo y me ayudaba a realizar los ejercicios que me dejaban de tarea para casa; realmente se preocupaba por mí. Natasha me enviaba correos diciendo que estaba ansiosa de verme de nuevo en Moscú para volver a ensayar; me decía que le echara ganas a la rehabilitación y también que confiaba en mí y que me extrañaba. Sin embargo la actitud era un poco más pesimista por parte de Yuli y de Humberto, que aunque también me apoyaban dudaban que yo pudiera volver a bailar como lo hacía antes, y por su parte Alexandre pensaba que un gran talento había sido truncado. Yo conservaba las esperanzas con la única motivación de cumplir la promesa que le había hecho a Miguel Ángel.

La rehabilitación fue dura, más de lo que yo pensaba, incluso más que los ensayos con Alexandre; por más que yo me esforzara los avances eran pocos y lentos, pero no perdía la motivación, la ilusión de poder bailar de nuevo. En el hospital la gente era amable, los rehabilitadores me animaban siempre a seguir adelante y confiaban en mí. A veces miraba a los demás pacientes y me consideraba afortunada, otras tantas platicaba con ellos y trataba de alegrarlos; sin embargo había veces que me salía de control, lloraba de impotencia, de desesperación, de no poder hacer los movimientos que yo quería con la pierna inválida. A veces me ponía como loca, quería dejarlo todo, deseaba haber muerto en el accidente y mis ánimos por bailar se esfumaban. Recordaba entonces a Miguel Ángel, lo imaginaba de nuevo a mi lado, recordaba esos bellos momentos que le dieron sentido a mi vida, su risa, sus bromas, las sorpresas, los detalles, la primera cita, el día en que nos hicimos novios, el día en que me pidió matrimonio, el viaje y... el accidente... Entonces el sueño la promesa que me hacía volver a mis cabales, a seguir adelante y dejar los berrinches, a esforzarme un poco más y darle tiempo al tiempo para que este hiciera su trabajo en mi pierna.

Después de dos años de terapia los médicos me dieron de alta. Podía hacer casi todo, caminaba sin dificultad y sin estigmas del accidente; podía correr, saltar y nadar sin dificultad; sin embargo mis arcos de movimiento no se habían restablecido del todo, y no lo harían, algo que era esencial para el ballet. Todo parecía ser una pesadilla, tanto tiempo de trabajo para al final tener que aceptar que los médicos estaban en lo cierto desde un principio. Pero yo quería bailar, tenía que cumplir con mi promesa, por lo que ensayé y ensayé pero nada parecía resultar bien, mi carrera como bailarina estaba arruinada y no tenía la capacidad suficiente para aceptar ese hecho. Así que tomé el primer avión que salió a Moscú para ver a Alexandre y pedirle que me aceptara de nuevo en su compañía; pero después de verme bailar él se negó. Le supliqué llorando, no pedía un papel importante, sólo que me dejara participar en su próximo evento, sólo uno, para cumplir con mi promesa. Él me miró triste, pensativo, sabía que si me aceptaba en esas condiciones podía arruinar su reputación y la de su compañía, y me dijo que lo pensaría.

Ese día vi a Natasha, contenta me saludó pensando que regresaba a bailar, pero cuando le conté lo de mi pierna ella enmudeció, no tenía idea de qué decirme porque el ballet representaba tanto para mí como lo representaba para ella, y sabía lo que en esos momentos yo sentía. Ella tan sólo me abrazó fuertemente.

—No te preocupes, Eli, haré que el abuelo te acepte en un último ballet. —Y me dio un beso en la mejilla mientras yo me puse a llorar.

Al día siguiente Alexandre me dijo que me daría un papel, que Natasha le había dado una muy buena sugerencia. Prepararían *Coppélia*, y yo sería la bella e inmóvil muñeca. Le prometí trabajar duro, hacerlo lo mejor posible, pero él sólo me pidió que no me esforzara tanto, pues no quería que me lesionara.

El día del evento representé a *Coppélia*, Natasha hizo el papel de Swanilda, y, pensando en Miguel Ángel, le dediqué cada uno de mis movimientos. Cada uno de mis pasos, cada centímetro de mi cuerpo le pertenecía a él, cada uno de mis pensamientos eran sólo para él, cada segundo de mi último ballet...

Después de eso le di las gracias a Alexandre y a Natasha y me despedí de ellos decidiendo olvidarme para siempre de Rusia; olvidar que alguna vez había bailado; que alguna vez había logrado mis sueños; olvidarme completamente de todo y comenzar una nueva vida como lo había hecho cuando había escapado de casa. Regresé con Sandra y conseguí un trabajo de secretaría de medio tiempo, y me puse a estudiar la Licenciatura en Rehabilitación en agradecimiento a todos los que me habían ayudado a recuperar la funcionalidad de mi pierna y con el deseo de poder ayudar a los que de mí necesitaran.

Todo parecía marchar bien, yo me dedicaba a mis estudios con ahínco, sabiendo que todo lo que aprendiera sería en beneficio de mis pacientes y que cualquier error que pudiera cometer les afectaría a ellos de manera permanente; me zambullí completamente en los libros olvidándome un poco de mi tristeza por Miguel Ángel y por el ballet y conseguí amigos entre mis compañeros de clase. A veces salía con ellos a algún lugar e invitaba a Sandy, quien terminó siendo novia de uno de los chicos. A mí me gustaba otro de mis compañeros, pero él era serio y yo jamás me decidí a hablarle, además todavía le guardaba luto a Miguel Ángel.

Hice mi servicio en el centro donde había tomado mis terapias encontrándome con mis rehabilitadores, que no perdían ni un segundo para enseñarme cosas nuevas, y pronto comencé a tener mis propios pacientes a los que con gusto les dedicaba mi tiempo y esfuerzo. De entre ellos había dos a los que apreciaba de manera muy particular: Gabriela, una señora de sesenta años que había tenido un evento vascular cerebral; y Francisco, un muchacho de veinticinco años, algo tímido, que tenía parálisis cerebral de la mano derecha. Ellos dos eran una completa antítesis. Gabriela, aunque con muchos años encima, era una señora optimista, alguien que quería salir adelante y se esforzaba por hacerlo. Tenía unas increíbles ganas de recuperarse y de vivir, muy diferente a Francisco, que aunque joven y con mejor pronóstico que Gabriela, veía todo de una manera tan pesimista que hasta el humor me cambiaba cada vez que lo veía. Él decía que ya había sufrido mucho en la vida y que lo mejor era morir pronto, por lo que no se empeñaba en las terapias y solamente asistía por insistencia y amenazas de su madre. Decía que estaba fastidiado de la vida, y culpaba a Dios de todos los males que le ocurrían, reprochándole igualmente su discapacidad. En un principio recuerdo que Francisco era necio, no hacía caso de nadie, él era un verdadero problema cada vez que asistía a terapia y siempre lo cambiaban de rehabilitador. Normalmente se lo dejaban al más nuevo, y fue así como yo lo conocí; sin embargo yo me decidí a seguir trabajando con él. En el comienzo era muy difícil, no hablaba y no hacía los ejercicios, siempre estaba con la mirada triste y nada parecía tener importancia para él, tanto que el apodo que le daban los demás era «el autista», cosa que me parecía imprudente y desagradable, porque a final de cuentas Francisco era también un paciente que necesitaba nuestro apoyo y me molestaba que no tuviera un rehabilitador fijo que lo conociera bien y pudiera darle tratamiento de manera adecuada. De modo que tomé su caso, y poco a poco él empezó a confiar en mí. A veces platicaba conmigo, y aunque sus conversaciones siempre eran para quejarse de lo mala que la vida había sido con él, era un gran avance oírlo hablar, ya que a pesar de sus citas con el psicólogo no lo había hecho durante tres años. Primero sólo lo hizo conmigo, pero pronto empezó a hablar con los demás cuando ellos le preguntaban algo.

12. Crisis

Escuchar a Francisco sólo me resultó contraproducente, pues a final de cuentas yo no me encontraba del todo recuperada de la muerte de Miguel Ángel, y sus múltiples quejas sobre la vida me hacían pensar a mí también en lo mal que me había ido. Y si bien no tenía una incapacidad física como la de él, me preguntaba por qué cada vez que sentía que la alegría me invadía algo malo tenía que pasar.

Camino a casa siempre reflexionaba sobre el paso de los años y desde mi punto de vista nada era un beneficio para mí, pues a pesar de nacer de una madre amorosa, había tenido una infancia tormentosa, todo gracias a mi señor padre. Después de haber encontrado el amor y haber pensado que todo era color de rosa y que mi infancia era sólo un mal capítulo, mi ser más querido me es arrebatado de las manos, y después de haber probado el éxito tras haberme esforzado por alcanzarlo, mi carrera como bailarina se ve truncada por mi lesión. Ahora estaba «bien», había tenido un buen aprovechamiento académico en mi licenciatura, tenía un trabajo estable, amigos que me querían, gente que me apoyaba en el trabajo, y pacientes como Gabriela, de los cuales tenía mucho que aprender, pero... ¿qué era lo que seguía? ¿Cuál sería el siguiente obstáculo? ¿Qué provocaría mi siguiente desilusión? No lo sabía, sólo sabía que no era feliz y que muchas cosas de las que Francisco hablaba eran ciertas para mí. A veces el esfuerzo empeñado no vale la pena, ya que cualquier movimiento en la ruleta de la vida puede cambiar los rumbos de ésta y echar a perder todos nuestros logros.

Aunque muchas veces me decidí a no seguir así de cabizbaja y ver la vida como Gabriela, no podía hacerlo, siempre había algo que me hacía caer en la tristeza, en la melancolía. A decir verdad creo que estaba deprimida, y eso no era bueno para mis pacientes; pero por más que había intentado levantarme y seguir adelante, por ellos, por su bienestar, no había logrado hacerlo. Me sentía sola y vacía, a pesar de que había gente que me quería, pero yo no me sentía bien conmigo misma. Miguel Ángel habría sobrevivido si no hubiera desabrochado su cinturón para besarme, tal vez todo había sido mi culpa y cada vez que este pensamiento llegaba a mi cabeza me sentía insignificante, lloraba y lloraba sin parar. A veces no podía soportar el dolor de sentirme culpable por su muerte y yo misma me lastimaba, sabía que estaba mal, y aunque trataba de aparentar frente a Sandra y frente a los conocidos, en el fondo sabía que me encontraba muy mal.

Decidí cambiarme de casa, pues aparentar una sonrisa cuando por dentro estaba destrozada comenzó a volverse muy difícil. Muchas veces quería tirarme a llorar en la cama y que nadie me molestara, pero los hijos de Sandra siempre estaban presentes con una gran sonrisa y miles de juguetes para que jugara con ellos. Busqué un departamento pequeño y hablé con Sandra sobre mi partida, le di las gracias por todo el apoyo que siempre me había brindado y por fin pude estar sola.

Vivir sola me satisfacía, sin embargo mi salud empeoraba, mi autoestima iba en picada y un sentimiento de inferioridad me invadía cuando pensaba en la muerte de Miguel Ángel. Iba a trabajar por simple rutina y la comida había pasado a un segundo plano, dejé de atender las llamadas de Sandra y perdí contacto con mis amigos de Rusia. Mis brazos estaban llenos de cicatrices producto de heridas provocadas por mí misma, y pronto empecé a bajar mucho de peso; era evidente que padecía una depresión, y aunque trataba de arreglarme para disimular mi aspecto demacrado llegó el momento en el que no pude ocultarlo más y uno de mis compañeros de trabajo, con el que mejores relaciones tenía, se decidió a hablar conmigo. Me quiso invitar a un café pero no acepté, por lo que en cuanto salí de la clínica me interceptó y me dijo que no se iría hasta haber hablado conmigo, por lo que al final tuve que aceptar su café.

—Elizabeth, me preocupas, ya no eres la misma de antes, ya no eres la chica entusiasta que conocí en la rehabilitación —me dijo.

—Soy la misma —contesté secamente jugando con las mangas de mi suéter con nerviosismo—. Además, tú no me conociste en la rehabilitación.

—Tal vez no de palabra, pero te veía todos los días empeñarte por hacer tus ejercicios, realmente me sorprendía tu perseverancia y creo… que ya no eres la misma. ¿Te encuentras bien?

—Sí, estoy bien —afirmé cortante.

—Si necesitas cualquier cosa, puedes confiar en mí —me dijo tomando mi mano—. Eli, estás helada

—Un poco —contesté retirando mi mano—. Gracias por el apoyo, pero estoy bien, Marco. —Tomé mi bolso sacando un billete—. Aquí está lo de mi café, me retiro.

—No, Eli, yo te invitaré al café… y no te vayas aún.

—Ok.

—Eli, en verdad te noto cambiada, pero supongo que no tienes la confianza aún para contármelo. Está bien, sólo quiero que sepas que estaré aquí cuando lo necesites, ¿de acuerdo?

—Nuevamente gracias, Marco, pero te repito, no tengo nada. —Entonces hice un movimiento con el brazo y la manga de mi suéter se quedó atrapada en la esquina de la mesa descubriendo un poco mi antebrazo. Inmediatamente lo intenté cubrir de nuevo, pero Marco me tomó por la muñeca y observó las heridas, yo lo retiré inmediatamente muy apenada—. Adiós, Marco —le dije levantándome, pero él me volvió a tomar la muñeca.

—Elizabeth, creo que necesitas ayuda preciosa —me dijo en un tono increíblemente dulce. Yo cerré los ojos suspirando.

—Adiós, Marco —repetí—. Por favor, ¿podrías soltar mi brazo? —Entonces él me soltó y yo me fui lo más rápido que pude a casa.

Caminé y caminé pensando en lo que acababa de suceder, llorando porque me habían descubierto, llorando porque quería ser de nuevo feliz, por Miguel Ángel, deseando que estuviera de nuevo conmigo, porque él había sido mi única felicidad, deseando poder volver el tiempo atrás y jamás haberlo conocido para nunca provocar su muerte, porque él era una gran persona, mientras que yo… era nadie. Pensando en que tal vez la Elizabeth optimista y perseverante que Marco había descrito era la Elizabeth que soñaba con las palabras de Miguel que se habían esfumado después del último ballet, porque era la Elizabeth impulsada por una persona externa a ella, era la Elizabeth que ingenuamente pensaba que al cumplir la promesa estaría de nuevo con Miguel. Ahora era una Elizabeth vacía, sin sueños ni ilusiones, una Elizabeth triste y melancólica para quien la vida no tenía ni una pizca de sentido, pues todo puede echarse a perder en un instante.

Me senté en una de las bancas del parque y me levanté las mangas del suéter mirando las cicatrices y las nuevas heridas con la intención de provocar más, sintiéndome culpable e insignificante. Entonces Marco se sentó a mi lado y suavemente tomó la mano en la que tenía la navaja que había sacado de mi bolso para mutilarme. Me la quitó lentamente y con cuidado cubrió mi antebrazo nuevamente con el suéter, yo no pude soportar más y los sollozos se convirtieron en llanto. Él me abrazó y lloré sobre su pecho un buen rato, después, sin decir palabra, me llevó a casa y me preparó la cena, la cual no quise comer. Me quedé dormida sobre el sillón en su compañía y cuando desperté él seguía en casa: me había puesto una manta y dormía en el otro sillón de la sala.

—Eli, siento haberme quedado en tu casa, pero necesitaba ver que te encontraras bien —me dijo tiernamente—. Llamé al trabajo, dije que estabas enferma y que no podrías ir.

—¿Por qué? —pregunté disgustada.

—Eli, necesitas ayuda psicológica.

Me quedé sin palabras sabiendo que era verdad lo que Marco decía, pero sin querer aceptarlo. Él me recomendó que fuera a ver al psicólogo de la clínica, pero eso me apenaba mucho porque prefería pagar.

Estuve yendo a diferentes terapias. Marco me dejaba y me recogía, siempre estaba pendiente de mí y pronto quiso formalizar algo, comenzamos a salir e intimamos relaciones. Junto a Marco me la pasaba muy bien, él era muy paciente conmigo y me comprendía bastante, escuchaba mis conflictos emocionales con interés y siempre me daba consejos tratando de calmarme y ayudarme a superar mis traumas. Él era amable y cariñoso, tolerante y me consentía demasiado. A decir verdad no sé cómo soportaba mis estados depresivos, cuando él era un joven alegre y entusiasta, un joven que debería tener una relación mejor que la que tenía conmigo. Él debía buscar una chica alegre y sin conflictos, que lo acompañara a pescar, a hacer rappel, o a explorar los ríos subterráneos, porque eso era lo que a él le gustaba. Él necesitaba una chica aventurera y optimista, con ánimos de vivir y no una chica como yo, que no valía la pena.

Muchas veces dejó de ir a fiestas por quedarse conmigo y consolarme cuando me quejaba como una adolescente sintiéndome horrenda, o cuando mis impulsos me traicionaban y los deseos por dañarme eran intensos. Recuerdo que un día en el que acordamos salir me propuse arreglarme y lucir bonita, pero mientras me peinaba frente al espejo como lo hacía cuando bailaba, me fue imposible no ver a una fea chica que por más que se esforzaba por verse bien, nada la cambiaba. De la desesperación rompí el espejo con la silla del baño, con la intención de no seguir viendo esa imagen, me despeiné deprimida y me senté a llorar sobre los vidrios rotos. Entonces Marco llegó y me encontró ahí, a punto de quitarme la vida con uno de los vidrios y con la foto de Miguel Ángel en la mano. Inmediatamente se acercó a mí y me abrazó, me retiró el vidrio y me besó la frente cargándome hasta el sillón frente a la chimenea. Luego se sentó colocándome sobre sus piernas sin dejar de abrazarme, yo lloraba sin consuelo alguno, pero estar a lado de Marco me tranquilizaba un poco.

—Eli, todo está bien, todo está bien —decía tratando de darme consuelo—. Te quiero, Elizabeth, te quiero —resonaba su voz en mi cabeza mientras yo seguía llorando.

Poco a poco, gracias a su ayuda y a la del psicólogo, fui mejorando. Lo acompañaba a las fiestas con sus amigos y con su familia, y la sonrisa volvía a mi rostro después de tanto tiempo, pues él me hacía sentir bien. Pero el recuerdo de Miguel Ángel aún no se iba.

Con Marco fui por primera vez al hipódromo, recuerdo haber estado gritando toda la tarde, por lo que al día siguiente estaba afónica. Fuimos también a la plaza de toros, donde casi lloro por el pobre toro, por lo que sólo nos quedamos a ver una corrida. Él se perdió las demás por tener que acompañarme fuera. Yo me encontraba indignada por el abuso a los animales. Me llevó a también a cazar; cuando hice mi primer disparo en las prácticas recuerdo haber estado temblando. Tenía tanto miedo que cerré los ojos cuando jalé el gatillo, Marco y el instructor se rieron tanto de mí que me apené y ya no quise volver a tomar la pistola ni el rifle. Por tanto sólo lo acompañé y fui yo la que cocinó el venado que cazó Marco, en una fogata que hicimos ese día por la noche.

Con Marco hice muchas cosas atrevidas, cosas nuevas que yo sola jamás me hubiera animado a hacer, pero también me consentía llevándome a los conciertos de la Orquesta Sinfónica Nacional. A pesar de que él casi se quedaba dormido cada vez que íbamos, siempre acudía con gusto, pues decía que le gustaba verme feliz. Un día me dio una gran sorpresa: compró boletos en primera fila en el Palacio de Bellas Artes para ir a ver un ballet de la compañía a la que yo pertenecí. Recuerdo haberme emocionado mucho, pues Natasha ya me había mencionado las fechas en que iban a venir en un correo electrónico y yo estaba ansiosa de verla.

El día del evento me arreglé muy elegante para ocupar los asientos que ya teníamos reservados y observé con fascinación la obra. Me sentí extasiada al escuchar la música y al ver los perfectos pasos de los bailarines; había algunos a los que no conocía, pero reconocí a la mayoría. Natasha lucía como un verdadero ángel, ella bailaba como nunca antes lo había hecho, realmente había mejorado mucho sus pasos y ahora era inigualable.

Cuando todo terminó fuimos a comer con Natasha y Alexandre para platicar y felicitarlos por la belleza que acababan de mostrarme. Todo el tiempo que ellos estuvieron en México los frecuenté y los llevé a conocer algunas partes de la ciudad como el Centro Histórico, el Zócalo, el Ángel de la Independencia y el Monumento a la Revolución, contándoles un poco de la fascinante historia del país. Pero pronto llegó el triste día de la despedida y Marco y Sandra me acompañaron a dejarlos al aeropuerto.

La partida de Natasha me entristeció, y esa tristeza acentuaba mis sentimientos de soledad originando que volviera a extrañar a Miguel Ángel. Un día que me sentí muy triste tomé la foto de mi amor perdido y lloré con ella sentada en el sillón, desgraciadamente no me di cuenta cuando llegó Marco, que silencioso se quedó parado en la entrada de la sala viéndome llorar con la foto de mi antiguo amor, viéndome aclamar por él. Estaba tan ensimismada en mi llanto y en la foto que sólo escuché cuando Marco se fue. Me sentí muy mal al saber que Marco me había visto llorar por Miguel Ángel así que decidí terminar mi relación con él, pues era una persona muy linda y atenta y no merecía que yo no lo amara cuando él me dedicaba tanto. No podía estar con él pensando en alguien más porque no era justo, y desgraciadamente no podía sacar a Miguel Ángel de mi cabeza a pesar de que lo había intentado desde el momento en el que me había decidido por Marco, pero mi corazón no tenía espacio para otro hombre. No se me hacía justo para él y además sentía que le era infiel al difunto, y aunque Marco siguió siendo mi amigo y apoyándome en las terapias, pensé que lo mejor era alejarme de él, pues sabía que él estaba enamorado de mí y lo mejor era que me olvidara para no seguir lastimándolo, así que pedí un cambio de plaza.

Debo reconocer que la ayuda de Marco me sirvió muchísimo, ya no me sentía tan triste como siempre ni tampoco me autolesionaba. Había empezado a comer de nuevo y veía la vida de una manera distinta. Me puse en contacto de nuevo con Natasha y hablaba seguido con Sandy, sin embargo el sentimiento de culpa y de inferioridad no se había ido de mis pensamientos, y todas las noches antes de dormir le daba cuerda a la cajita musical de bailarina que Miguel me había obsequiado el día que habíamos arreglado el departamento en Moscú. Observaba la figurilla con la que Miguel me identificaba dar vueltas y vueltas mientras escuchaba una hermosa melodía.

Comencé en mi nuevo trabajo como una persona diferente, sonreía más y trataba de ser sociable y divertirme, tuve bastantes pretendientes e intenté una que otra relación. Sabía que debía olvidarme de Miguel Ángel, sabía que él hubiera deseado que siguiera con mi vida, pero me era muy difícil, por lo que todas las relaciones que intenté sufrieron el mismo destino que la que había tenido con Marco. Siempre por el mismo motivo: Miguel Ángel. Sabía que no debía comparar a las personas con él, pero me resultaba imposible no hacerlo. Recordaba todo el tiempo sus detalles, su cortesía, sus atenciones y su ternura, algunos de los muchachos con los que salí eran tiernos, pero no eran corteses; otros eran atentos, pero poco detallistas y así cada uno tuvo un defecto por el que, para mí, ninguno cumplía los requisitos establecidos por la figura de Miguel Ángel, a pesar de que habían pasado seis años de su muerte.

13. Rodrigo

Un día, al salir del trabajo me invitaron a una fiesta. Era el cumpleaños de una de las compañeras y pensé que no estaría mal asistir. Nos encontrábamos comiendo carnes asadas cuando algo me sorprendió, dejé caer los cubiertos de mis manos ante el impacto. ¡No podía creerlo! Unos rizos rojos caían libres sobre los hombros de un hombre que llevaba un elegante traje. ¡Era Miguel Ángel! Me levanté anonadada y me acerqué a él tirándole torpemente el plato que llevaba.

—Lo siento, lo siento, qué torpe —le dije al instante que salí de mi trance y me percaté de que no era Miguel Ángel, pero sí alguien que tenía un magnífico parecido con él. Tomé una servilleta para limpiar su traje, estaba apenadísima y muy nerviosa.

—No te preocupes —me dijo él tomando la mano que limpiaba su traje—. Tranquila, no es nada, una lavada bastará —me dijo guiñando el ojo—. ¿Qué llevará de comer, florecita? —me preguntó tomando un plato para servirme, y la última palabra pronunciada por el desconocido retumbó en mi cabeza: «florecita». Era así como Miguel Ángel me había nombrado en un papel para invitarme a la primera cita. Me quedé callada por unos momentos hasta que reaccioné.

—Disculpa…, ya tengo plato —le dije dando la vuelta para retirarme apenada a mi mesa.

Estuve un rato platicando con mis compañeros de trabajo, pero sin dejar de pensar en lo que había pasado. Me seguía sorprendiendo el parecido de aquel hombre con Miguel Ángel, y la palabra «florecita» seguía retumbando en mi cabeza. Entonces el hombre desconocido se acercó a mi mesa y me sacó a bailar. Yo acepté apenada, pues su físico me cautivaba; sentía que veía a Miguel Ángel nuevamente frente a mí. Bailamos unas cuantas piezas durante las cuales me dediqué a observarlo: figura casi perfecta, bucles rojos, tez blanca, sólo que las pecas que adornaban el rostro de mi querido Miguel estaban ausentes en el desconocido. Sus ojos no eran grises, sino verdes, al igual que los míos, y sus facciones no eran tan refinadas como las de Miguel Ángel, pero eran varoniles y atractivas. Estaba completamente apantallada por el físico de ese hombre, pronto llegó la hora de volver a casa, me despedí y me retiré. Dos días después, al regreso del trabajó, encontré unas rosas en la puerta de mi departamento con una nota:

Elizabeth, conseguí tu dirección a través de Olga, la festejada de hace dos días. Me gustaría que aceptaras una cena conmigo cuando tú gustes. Te dejo mi número telefónico y espero tu llamada 55 64 78 90 23. Atte: Rodrigo.

Cuando leí la nota me emocioné. Entré contenta a casa, coloqué las rosas en un florero y tomé el teléfono sin poder esperar un minuto más para marcar y aceptar la cena.

El día de la cita llegó y me arreglé lo mejor que pude. Rodrigo pasó por mí y me llevó a un restaurante, que aunque no era muy elegante como los que solía frecuentar con Miguel, era un bonito lugar en el que estuvimos platicando muy amenamente. Él era muy amable, era arquitecto, le gustaban las apuestas, y algún tiempo en su vida se había dedicado a catar vinos. Hablaba mucho de política y sobre todo de fútbol, y aunque parecía no agradarle mucho el arte y la danza, me caía muy bien, y me gustaba estar con él; tal vez porque cierta parte de mí veía a Miguel Ángel en Rodrigo.

La noche fue entretenida, él habló mucho y yo escuché, me dedicaba a evaluar su comportamiento, el cual me pareció adecuado y me dispuse a aceptar otra cita si él así lo proponía. Cuando me dejó en casa me invitó de nuevo a salir el fin de semana, yo acepté y fue así como poco a poco lo fui conociendo. Intimamos relaciones pronto, amaba su forma de ser, era tierno y romántico, muy, pero muy atento y educado, todo un caballero. No necesitaba pensar las cosas dos veces para que él me las diera, realmente me trataba como a una reina, y yo estaba fascinada; jamás había imaginado poder encontrar a otro hombre que llegara a ocupar mi corazón. Sin embargo Rodrigo lo logró, tenía todas las cualidades que yo deseaba; era como si me hubieran premiado reviviendo a Miguel Ángel. Hubo ocasiones en que realmente lo creía, veía suspirando a Rodrigo y estaba segura de que Miguel Ángel estaba en él, y por esa tonta razón, esa tonta creencia, o mejor dicho, esa tonta y falsa ilusión me enamoré rápidamente de él. Todos los martes pasaba por mí y salíamos a comer, los viernes eran días de flores, pues siempre había un ramo esperando por mí en el trabajo o en la puerta de mi departamento, y al menos una vez al mes me llevaba serenata y chocolates. Estaba realmente feliz, feliz por primera vez en tanto tiempo, disfrutaba de la vida como nunca, pero más que nada lo disfrutaba a él, estaba convencida de que la esencia de Miguel Ángel se encontraba en algún lugar de Rodrigo. Yo intentaba mimarlo, consentirlo, darle todo mi cariño, aprovechar cada segundo a su lado y cuidarlo como jamás había cuidado a alguien, porque me daba pavor perderlo. No me imaginaba la vida de nuevo sola, sintiéndome miserablemente triste y deprimida. Rodrigo era como un rayo de sol que había venido a enderezar todo, que había venido a darle luz a mi camino y a iluminar una sonrisa en mi rostro.

Nos conocimos poco tiempo, pero él parecía conocerme de mucho tiempo atrás. Sabía lo que me gustaba y siempre adivinaba lo que quería; todo era hermoso, como si estuviera dentro de un fantástico cuento de hadas, todo parecía perfecto, pero al final no existe la perfección en el amor. A veces me pongo a pensar en mi vida, y si me dieran la oportunidad de volver el tiempo atrás evitaría la muerte de Miguel; pero ya que la muerte no se puede evitar, volvería a un día en particular en el que hubiera podido detener todo y cambiar el rumbo que ahora lleva mi vida. Ese día clave en el que pude haber modificado la dirección de mi camino, del trágico presente que vivo, ese día en el que pude haberle puesto un alto a todo, en el que si me hubiera dado cuenta de las cosas y no hubiera tratado de justificar los hechos todo habría sido diferente. Pero estaba cegada por ese amor perfecto, por ese cuento de hadas en el que vivía, por ese sueño de tener a Miguel nuevamente conmigo.

Recuerdo haber salido un día tarde del trabajo. Acordé con Rodrigo que pasara por mí para llevarme a casa. En cuanto salí de la clínica un hombre me interceptó y me dio un ramo de rosas con una tarjeta, enseguida me confesó que no era más que el gran admirador de una antigua bailarina. Sonreí después de lo que dijo y le di las gracias. Me sentí halagada y me sonrojé un poco, luego le pregunté cómo me había reconocido. Él me miró y me dijo:

—Desde los asientos te ves preciosa, pero eres aún más bella en persona, siento mucho lo del accidente. —Y después se retiró.

Me pareció muy extraño, habían pasado siete años desde que había dejado de bailar y era en ese momento cuando un admirador aparecía de la nada, pero la cuestión es que me había halagado. Me sentía contenta porque alguien recordaba aún a la bailarina que alguna vez había sido y triste por recordar esos momentos tan espléndidos de mi vida. Al instante vi el auto de Rodrigo acercarse, me subí con una gran sonrisa, oliendo el ramo de flores que llevaba en las manos.

—¿Quién te ha dado esas rosas? —me preguntó algo molesto.

—Un señor que me encontré en la salida —le confesé contenta—. Decía ser un admirador de cuando practicaba ballet.

—¿Un señor que te encontraste a la salida? —me preguntó incrédulo—. ¿Y la tarjeta que te dio?

—¿Cómo sabes que me dio una tarjeta? —le pregunté curiosa, pues la tarjeta la había guardado en mi bolso.

—¿Qué dice la tarjeta? —me insistió.

—Sólo pone su teléfono —le contesté.

—¿Por qué has platicado tanto tiempo con él?

—No fue mucho tiempo, Rodrigo, sólo mientras esperaba que llegaras, y él era simpático, me hizo sentir bien que alguien me recordara como bailarina.

—¿Simpático? —me preguntó molestándose más. Tanto que no te percataste de que ya había llegado.

—No te vi, lo siento, me interceptó inmediatamente después de que salí.

—Sí, estaba esperándote desde antes de que salieras ¿Por qué?

—No lo sé —contesté confundida.

—¿No lo sabes? ¿Desde cuándo lo conoces?

—Rodrigo, es la primera vez en mi vida que lo veo —le dije un poco disgustada.

—Pero si reías tan a gusto con él. A mí me pareció que lo conocías desde hace tiempo. ¿Quién es? —me preguntó ya bastante enojado—. ¿Qué asuntos te traes con él?

—¡Rodrigo! —le grité enojada—. ¿Pero qué estás diciendo? Es sólo un admirador que me regaló unas rosas.

—Se te olvidó decir que te dio su tarjeta.

—Es irrelevante, como si fuera yo a llamarle —contesté con un tono de voz más elevado.

—Déjame ver la tarjeta —me dijo autoritario.

—Basta ya, Rodrigo, ha sido suficiente —dije con la intención de terminar con la discusión.

—Déjame verla

—¿Es qué acaso no puedes confiar en lo que te estoy diciendo? —pregunté sintiéndome ofendida y molesta.

—Te escribió una carta, por eso no me la quieres mostrar.

—¡Vaya, pero qué tontería!

—Tú escondes algo —afirmó—. ¿Desde cuándo sales con él, Elizabeth?

—¡Pero por Dios, Rodrigo! No salgo con él, ni lo conocía —dije empezando a desesperarme.

—¡Mentiras! ¡Todo es una mentira! ¿Desde cuándo me engañas con él, Elizabeth? —dijo Rodrigo furioso y sin dejar que su mente razonara un poco todo lo que yo intentaba explicarle.

—¡Qué locura! —exclamé ofendida—. ¡Es imposible hacerte pensar cuando te pones en este plan! Rodrigo, déjame aquí y tomaré un taxi.

—¿Para qué? ¿Para que lo llames y vayas a verle? —dijo enojado.

—¡Pero qué dices! Rodrigo, no tengo nada que ver con él, no voy a llamarlo ni salgo con él. ¡Hazme el favor de detenerte! No quiero seguir discutiendo contigo.

—¿Qué he hecho mal, Elizabeth? ¿Qué tiene él que no tenga yo? ¿Qué te ha faltado? ¿En qué te he fallado? —preguntaba desesperado y muy molesto—. ¿Por qué, Elizabeth? ¿Por qué? ¿Era tan difícil decirme que ya no era la persona indicada?

—¡No salgo con él! ¡Entiéndelo, Rodrigo! ¡Deja ya de decir tonterías!

—La tarjeta —ordenó extendiendo la mano para que se la diera, yo abrí mi bolso y se la di

—¿Contento? —pregunté disgustada, y entonces él detuvo el auto abruptamente y se bajó dirigiéndose a mi puerta, la abrió y me arrebató las flores de las manos aventándolas al suelo, luego me tomó por el brazo con fuerza y me hizo bajar del auto—. Rodrigo, me lastimas —le dije, pero él no pareció escuchar, y frente a mí partió la tarjeta en dos.

—¡Jamás! —me gritó y me dio una cachetada—. ¡Jamás intentes engañarme, que no soy un pobre estúpido! —Me hizo subir de nuevo al auto y me dejó en casa para retirarse después.

Yo estaba pasmada, no podía creer que me hubiera golpeado. No había pronunciado ni una sola palabra en el camino y no había evitado que me subiera al auto nuevamente porque estaba perpleja. Por mi mente comenzó a pasar la temible imagen de mi padre, su voz, sus gritos, su cinturón en la mano, y me dormí pensando en la casa de mi infancia, en mi madre, en Memito. Con la mente llena de malos recuerdos, que pensaba se habían esfumado pero que ahora regresaban para seguir atormentándome, me pregunté cuándo había sido la primera vez que mi padre había tocado a mi madre.

A la mañana siguiente me levanté aún pensando en lo que había pasado, sin saber qué hacer o qué pensar. Fui al trabajo y todo el día estuve un poco distraída. Mi celular sonó varias veces, y todas eran llamadas de Rodrigo, las cuales no quise atender; estaba molesta, pero también confundida ¿Cómo era que mi príncipe azul me había golpeado? Cuando regresé a casa me encontré con una gran sorpresa: al abrir la puerta, frente a mí había cientos de rosas repartidas por todos lados y un enorme letrero en el centro que decía «Perdón» y Rodrigo esperándome en el sofá. En cuanto me vio entrar se levantó y se acercó a mí.

—Eli, discúlpame —me dijo tristemente—. No sé qué me sucedió ayer, pero tú sabes que yo no soy así. Tuve un día pesado en el trabajo, el contrato que iba a firmar ya no se hizo y... no sé qué me pasó. Sabes que eres lo que más quiero en este mundo y no pude controlar mis impulsos al ver a mi preciosa chica junto a otro hombre.

—Sal de mi casa —le pedí con los ojos vidriosos.

—Eli, entiéndeme, todos los seres humanos tenemos impulsos, sólo Dios es perfecto y todos podemos cometer errores. Discúlpame, Eli.

—Sal, por favor —repetí señalando la puerta.

—Elizabeth Finestan, te ruego me disculpes, te prometo que no volverá a suceder, es sólo que te quiero tanto que me aterroriza perderte. Quiero tenerte siempre junto a mí y me da pavor que me dejes por otro hombre. Me da miedo no ser lo suficiente para ti, porque tú eres una gran mujer, y yo soy sólo un sencillo hombre, un hombre que no quiere perderte porque te ama, un hombre que iría a la luna y recogería estrellas sólo para ti.

—Rodrigo, en verdad no quiero hablar contigo en estos momentos, ¿podrías salir de mi casa?

Entonces Rodrigo salió cabizbajo dándome unos chocolates. En cuanto la puerta se cerró me solté a llorar, todo lo que había dicho era hermoso, las flores eran hermosas, el detalle era fantástico, pero… me había golpeado la noche anterior… No había excusas ni pretextos, no quería sufrir el mismo destino que mi madre. Yo escogía esta vez mi camino. Comencé a recoger todas las flores y las tiré a la basura, recogí fotos y regalos de él, algunos los tiré, otros los guardé en un lugar en el que no pudiera verlos y me lamenté toda la noche.

Pasó una semana en las que evité contestar sus llamadas. Recibía bonitas cartas, mandaba arreglos florales al trabajo, me mandaba serenatas y se aparecía debajo de mi departamento pidiendo disculpas. Por mi parte comencé a sentirme sola. Todos los días cuando despertaba admiraba la foto de Miguel Ángel, que había colocado sobre el buró, y cuando me daba tiempo leía la carta que sus padres me entregaron dejando derramar algunas lágrimas.

Un día Rodrigo apareció en mi trabajo con unas rosas y unos chocolates. Cuando lo vi no pude evitar pensar en Miguel Ángel; sabía que la vida no era lo misma sin Rodrigo a mi lado. Él se acercó a mí.

—Ya, perdóname, florecita —me dijo tristemente, y tras escuchar esa palabra tan especial para mí, y mirar sus bucles rojos que bordeaban su tez blanca, no pude evitar darle un beso, nuevamente sólo pensando en Miguel Ángel. Él me correspondió el beso y me abrazó y yo comencé a llorar entre sus brazos, recargada sobre su hombro. Él trataba de tranquilizarme, me pedía nuevamente disculpas y acariciaba mi cabeza con ternura diciendo que él también me había extrañado. Pero lo que él no sabía era que yo no derramaba mis lágrimas por él, ni por lo que había ocurrido ni porque lo hubiese extrañado, sino porque quería de nuevo a mi Miguel, porque al que extrañaba era a mi ángel guardián, porque añoraba que se encontrara de nuevo conmigo, porque suplicaba por su presencia, porque todavía me dolía su pérdida, porque lo extrañaba con lo más profundo de mi alma, porque con él se había ido mi corazón. Dejé de abrazar a Rodrigo y le di un beso más, imaginando durante el momento la fragancia de Miguel, acariciando sus bucles como queriendo sentir a Miguel en Rodrigo, y después le pedí que se fuera para volver a mis labores. Él permaneció hasta mi hora de salida y me llevó a casa, le dije que necesitaba pensar las cosas y que habláramos después.

En casa lloré sobre mi cama, sintiendo un enorme vacío en el pecho. Era como un agujero que me consumía. Sabía que nadie podría remplazar a Miguel, pero también sabía que Rodrigo me hacía recordarlo, me hacía sentir que estaba de nuevo a su lado, porque un beso suyo era llevar de nuevo a Miguel Ángel a la vida, hacerlo tangible y hacerme sentir completamente feliz. Sin embargo Rodrigo me había golpeado, no quería terminar como mi madre, pero… tal vez él tenía razón, siempre había sido muy lindo, tal vez había sido sólo estrés de momento, tal vez debía darle una segunda oportunidad, pues como él dijo, todos cometemos errores, pues sólo Dios es perfecto. Me quedé dormida con ese pensamiento en la cabeza y con una foto de Miguel Ángel en la mano. Ahora sé que sólo quise justificar su agresión por mi enorme deseo de revivir a Miguel en él…, pero ojalá jamás lo hubiera hecho…

14. De vuelta con Sandy

Me reconcilié con Rodrigo al día siguiente y él siguió siendo lindo y amable, tal parecía cumplir su promesa y estar arrepentido por lo que había pasado aquella noche. Yo disfrutaba los muchos detalles que tenía conmigo. Aunque a veces peleábamos y él me gritaba, no me ponía las manos encima.

Seis meses después nos casamos, y aunque no fue una boda tan espléndida como la que había imaginado con Miguel Ángel, fue una bonita ceremonia. Nos casamos en la Ciudad de México en una bonita iglesia del centro y me puse el vestido que me había regalado la madre de Miguel Ángel imaginando que me casaba con él y no con Rodrigo, porque eso era lo que yo hubiera deseado, lo que yo seguía deseando a pesar de que sabía que era imposible. Juré amor eterno y apoyar a mi esposo en las buenos y en las malos momentos pensando algunas veces en Rodrigo y a ratos en Miguel Ángel. Mi cabeza daba vuelta entre uno y otro nombre y yo me sentía muy confundida, pero a final de cuentas estaba feliz. Cuando llegó el momento del beso en el altar yo besé a Rodrigo pero realmente pensaba en Miguel.

Después fuimos a la fiesta que se organizó en un precioso jardín. La gente que quería estaba acompañándome en ese momento: Sandy, Marco, Yuli, Humberto, unos cuantos compañeros del trabajo y Natasha y Alexandre, que habían viajado desde Rusia sólo por mí. Las demás personas que se encontraban ahí eran invitados de Rodrigo, de los cuales yo sólo conocía a sus padres, a su hermana y a unos cuantos de sus amigos. Recuerdo haberme tomado muchas fotos con un montón de personas desconocidas que pegué después en un álbum, pero las únicas valiosas para mí eran las de mis amigos. La foto junto a Rodrigo se enmarcó para ponerse en la casa, pero ninguna foto era más hermosa que la que Miguel Ángel había colocado sobre mi buró allá en Moscú y que llevaba siempre en mi bolso con amor.

Fuimos de luna de miel a Las Vegas, destino que escogió Rodrigo sin contar con mi opinión porque le encantaban los juegos de azar y las apuestas; mi sueño siempre había sido ir de luna de miel a un crucero. Disfruté de Las Vegas, un sitio que me gustó mucho, pero a veces sentía que Rodrigo le hacía más caso a los juego que a mí.

Un día en el que apostó bastante dinero y perdió, se enojó y rompió la promesa que me hizo de no volver a pegarme. Yo estaba esperando en el hotel a que él regresara para ir a cenar; tenía idea de decirle que quería formar una familia, por lo que me arreglé y me pinté muy bonita sólo para él. Cuando llegó noté que estaba enojado y un poco pasado de copas, por lo que me acerqué a darle un abrazo y un beso que él rechazó. Le pregunté si le había ido mal y él me dijo que muy mal y luego encendió la televisión. Le dije que sólo era suerte y que mañana podría irle mejor, entonces él se enfureció y aventó el control remoto contra la pared al lado de donde yo me encontraba.

—¡Sólo suerte! —me gritó enojado—. ¡He perdido mucho, tonta, no es sólo suerte! —y me dio una cachetada—. Es tu culpa por no haber querido acompañarme hoy —dijo, y luego se recostó sobre la cama disponiéndose a dormir haciendo como si no existiera.

Por la mañana cuando desperté, él había pedido que trajeran el desayuno al cuarto y había un ramo de rosas sobre el tocador con un letrero que pedía disculpas. Cuando me vio despertar se acercó a mí y me dio un beso.

—Siento lo de anoche, florecita, es sólo que estaba disgustado porque tú eres la que me trae la suerte, sin ti nada soy. —Yo le sonreí, pero estaba triste. Me hizo levantar a desayunar y durante todo el día tuvo tantos detalles conmigo que terminé perdonándolo por la noche cuando me llevó a cenar.

Unas semanas después de la luna de miel me volvió a golpear. Se disculpó nuevamente con mil detalles y una vez más acepté sus disculpas. A fin de cuentas era mi esposo y no podía tirar todo a la basura. Él se portaba lindísimo unos cuantos días y después, por algún motivo, se enojaba, perdía los estribos y me golpeaba. Esto se fue haciendo cada vez más frecuente, mi enojo cada vez duraba más, pues conforme el tiempo pasaba sus esfuerzos por disculparse eran menores.

Él tenía sus propias reglas en casa. Después de la boda asumió el control de todas mis cuentas; además todo debía estar bien acomodado, pues de no ser así se enojaba. Cuando íbamos a alguna reunión y él decía que era hora de irnos y alguno de los invitados insistía en que nos quedáramos más tiempo, siempre decía que me preguntaran a mí, que todo dependía de su «florecita», pero yo debía decir que no, aunque a veces deseara quedarme, pues si en algún momento decía lo contrario en casa me esperaba un castigo. Todos los conocidos pensaban que mi esposo era el hombre perfecto, que siempre me consentía y me mimaba, porque eso era lo que aparentaba fuera de la cárcel de las paredes de la casa, pues dentro se convertía en un monstruo.

Los días de partido de fútbol eran los peores. Rodrigo invitaba a sus amigos a casa y tomaban cerveza, hacían palomitas y dejaban la casa como un chiquero de cerdos. Y lo peor no era tener que limpiarlo todo en la madrugada—porque cuando él despertaba la casa tenía que estar nuevamente impecable—, sino tener que estar a su servicios para cualquier cosa que se le antojara. Tenía que salir a comprar más cervezas yo sola en el momento en que se acabaran sin importar la hora. Estaba harta de ser la sirvienta de la casa, harta de servir a sus amigos y tener una sonrisa en el rostro cuando me pedían algo, porque si hacía alguna mueca Rodrigo me golpeaba.

Todos creían que yo era una fantástica y servicial esposa, pero era solamente una mujer triste que se encontraba completamente sometida por el miedo que sentía de ver enojar a su marido. Yo intentaba ser buena, portarme bien, y mantenerlo contento para evitar que me castigara, pero también con la firme esperanza de que si yo lo acompañaba a ver los partidos, él algún día me llevara a ver un ballet, aunque cada vez que se lo pedía me decía que eso eran sólo niñerías, que eran cosas tontas de niñas sin importancia, que él era un hombrecito y no le atraían esas cursilerías, por lo que yo me conformaba con ver el ballet en televisión o en internet. Muchas veces vi bailar a Natasha interpretando los papeles principales; ella había crecido y ahora era toda una mujer, una exitosa mujer, reina del mundo de la danza, de escultural físico, inmensa belleza y agraciados y sutiles movimientos. A veces, aunque mantenía contacto por e-mail como con Sandy y Marco, añoraba verla y platicar con ella y con su abuelo, pero Rodrigo me mataría si le decía que quería ir a Rusia. Además, regresar a ese lugar sólo me traería malos recuerdos y la melancolía y la nostalgia se apoderarían de mis sentimientos.

Había soportado demasiado para los pocos momentos de satisfacción cuando lo besaba o cuando hacíamos el amor, en que mi mente volaba con Miguel Ángel. Yo no era feliz, sabía que me encontraba en el mismo camino que mi madre había tomado, pero no encontraba salida: tenía que seguir aguantando o separarme de Miguel. Sabía que las cosas estaban mal, pero finalmente Rodrigo no era malo todo el tiempo, tenía sus detalles románticos y a ratos era muy amable, esa persona a la que yo había conocido antes de casarme y tenía la esperanza, cada vez que pedía disculpas, de que regresara. Rezaba todos los días para que esto sucediera, pero parecía que mis oraciones no eran fructíferas, por lo que un día en el que tomé la decisión de dejarlo fui a hablar con el sacerdote para que me diera sus bendiciones en el nuevo camino que emprendería. Él me dijo que Dios era sabio, que tal vez Rodrigo necesitaba de mi ayuda y me había puesto en su camino porque yo era una mujer fuerte que debía sacarlo adelante. Me dijo que mi esposo no era malo, que sólo necesitaba orientación y mucho amor, cosa que yo debía darle, ya que el matrimonio era sagrado y debíamos apoyarnos en las buenas y en las malas.

Salí de la iglesia pensando en lo que el sacerdote me había dicho, me di una vuelta por el parque y concluí que tenía razón, tal vez Rodrigo sólo necesitaba ayuda, y yo debía apoyarlo siempre, porque como el sacerdote había dicho el matrimonio era para eso. Tal vez yo tenía la culpa por no darle su lugar y siempre estar pensando en Miguel Ángel, debía compensar mi error, por lo que decidí tratar de olvidar a Miguel para siempre. Pasé al supermercado a comprar ingredientes para prepararle a Rodrigo una deliciosa comida y comenzar un nuevo sendero.

Las siguientes semanas me empeñé por hacer las cosas bien, pero nada parecía cambiar, los miedos de la infancia se desenterraban, sentía miedo cada vez que lo escuchaba llegar, sentía miedo cada segundo que pasaba junto a él porque no sabía cuándo se iba a enojar, porque sabía que así como podía llegar alegre de su trabajo, también podía llegar enojado y desquitarse conmigo buscando cualquier pretexto para iniciar una agresión. Las flores, que se convirtieron en símbolo de belleza y de cariño, habían regresado a ser hirientes: recordatorios de los golpes recibidos. Las palabras del sacerdote resonaban en mi cabeza cada vez que Rodrigo pedía perdón, cada vez que él lloraba y se arrepentía por lo que había hecho. Mi esposo no era malo, tan sólo necesitaba amor, atención y cuidados, él se arrepentía, sabía que me quería y que hacía las cosas sin querer, confiaba en sus promesas de cambio porque lo quería, porque quería ayudarlo cada vez que llorando me pedía que no me fuera. Yo quería ser feliz a su lado, sin la imagen de Miguel Ángel rondando mi mente en todo momento, pues sabía que él se merecía una mujer que lo amara y lo apoyara. Él me había levantado de mi depresión, me había dado una nueva visión de la vida, y ahora era yo quien debía ayudarlo, pero a veces me desesperaba, a veces no sabía qué hacer, quería gritar, gritar y escapar, pedía ayuda con la mirada, pero no me atrevía a pronunciar palabra. Aparentaba sonrisas y felicidad cuando por dentro quería gritar de la desesperación y llorar de la impotencia que sentía por no poder ayudar a Rodrigo. Sabía que llegar a casa era un tormento. Fue entonces cuando comprendí lo que mi madre sentía…

Me sentía atrapada como cuando era adolescente, sin embargo esa cárcel era la que yo había escogido y me sentía incapaz de salir de ella, a pesar de que tenía la llave de la cerradura en la mano. Rodrigo me daba miedo pero también quería ayudarlo y en verdad me empeñaba por hacerlo mientras todo se volvía un torturante círculo vicioso en donde yo intentaba ser buena, él me golpeaba y luego se disculpaba. No tenía salida, no tenía escapatoria alguna, vivía consumiéndome día tras día, aterrorizada, pero también cautivada por el mismo ser al que temía, ese ser al que había llegado a amar. Mi mente se debatía en un duelo que parecía no tener fin, sabía que estaba mal, pero la única solución me hacía sentir como una traidora. Vivía día tras día como quien vive en un cuarto sin ventanas ni lámparas, era así como me sentía. Y no atrevía a pedir ayuda a mis amigos del pasado por pena.

Las cosas comenzaron a ponerse peor en el transcurso de algunos meses. Las ofensas comenzaron a afectarme más, me sentía inútil y torpe. Él decía que no tenía valor, pues no servía para nada y cuando me encontraba sola en casa lloraba admirando las fotos del ballet, de mi época de esplendor que se había esfumado para dejar atrás solamente a una perdedora, a una inválida que nada podía hacer bien. Él tenía razón, ni siquiera podía ayudarlo, era una tonta a la que nadie querría amar, pues mi cuerpo flacucho no atraía la atención de los hombres y mi cara de guajolote espantaba las miradas.

El trabajo se volvió un rato de desahogo en el que podía alejarme de mi cárcel y disfrutar con mis pacientes, pues cuando estaba con ellos daba lo mejor de mí. Me gustaba ayudarlos y verlos recuperarse poco a poco, verlos sonreír cuando un ejercicio les salía por fin bien después de tantos intentos, verlos ir saliendo adelante y superando sus obstáculos y dificultades, sin importar lo difícil que fuera. Muchas veces me preguntaba por qué yo no podía hacer lo mismo que mis pacientes, por qué yo no tenía una rehabilitadora que me ayudara a tomar la iniciativa de abrir la cerradura de mi cárcel y olvidarla para siempre. Yo hacía cosas por mis pacientes y los veía recuperarse tanto física como mentalmente, porque esa era mi finalidad, una recuperación integral, y aunque muchas veces los mandaba con el psicólogo o con el psiquiatra de la clínica dependiendo el caso, a muchos de ellos les gustaba platicar conmigo y yo les daba consejos y los escuchaba. Me llegué a preguntar cómo era posible que pudiera hacer tanto por ellos y tan poco por mí, porque así como ellos yo también necesitaba ayuda. Sin embargo mis pensamientos se concentraban tanto en ayudarlos a ellos y a mi esposo que muchas veces me olvidaba de mí misma, porque verlos a ellos felices me satisfacía tanto que por momentos me hacían sentir llena y feliz. Sabía que mis pacientes me querían, también sabía que era apreciada en el grupo de trabajo, tanto que una vez en una comida de fin de año hicimos papelitos diciendo lo que nos gustaba y nos disgustaba de las demás personas y fui yo la que recibió la mayoría de los halagos. Estos decían cosas como «Me gusta su dedicación y su empeño», «Me gusta que siempre sonríe», «Me gusta la forma en la que anima a los pacientes», «Me encanta su altruismo». «Es una gran persona», «Tiene muchas cualidades», «Es muy simpática e inteligente», e incluso hubo papeles que decían que era muy guapa, pero me preguntaba por qué Rodrigo no podía ver todo eso en mí, por qué él sólo veía mis defectos.

En uno de esos días de desesperación después de haber sido brutalmente atacada por Rodrigo, huí de casa con dirección a ningún lugar. Tomé el primer autobús que encontré y me subí con la sola idea de escapar de él, de alejarme y no verlo, porque estaba aterrorizada. Cuando llegué a la terminal escuché una voz conocida pronunciar mi nombre, cuando dirigí la mirada hacia el lugar de donde había escuchado la voz vi a Sandra, que me saludó con alegría. En su último e-mail me había mencionado que iría a visitar a su madre, intenté cubrirme el moretón de la cara con los lentes de sol y la mascada que llevaba y me acerqué a saludarla también con alegría.

—Mi hijo te ha reconocido, Eli ¡Qué gusto verte! —me dijo entusiasmada.

—Hola, Sandy, hola, niños. Qué alegría, ¡qué grandes están! —Entonces la hermosa niña que yo había conocido de bebé y que ahora era igualita a su madre me retiró los anteojos.

—¿Qué te pasó, Eli? —preguntó el muchacho al ver mi rostro.

—Nada —contesté inmediatamente y volví la cara para evitar que siguieran mirando el moretón que rodeaba mi ojo derecho.

—Fernando, ve con tu hermana y compren un helado —dijo Sandra sacando dinero de su monedero, y cuando los niños se fueron ella me quitó la mascada— Eli…, ¿te encuentras bien? —me preguntó y yo me puse a llorar.

—¡Ya no lo soporto! —le dije desesperada—. ¡Ya no puedo más con esto, pero debo regresar!

—¿Regresar? —preguntó Sandy incrédula—. ¿Con aquel que te ha golpeado? ¿A eso te refieres, Eli? Dime que no, por favor.

—Lo siento, debo estar a su lado y darle amor para que él se cure y… ¡mírame! —dije llorando aún más—. ¡Mira lo que hago!, ¡soy débil!, débil porque huyo y no puedo cumplir con la tarea que Dios me ha encomendado. ¡No puedo hacer las cosas bien, nada me sale bien! ¡Soy una inútil!

—¡Hey, nena! —dijo Sandy abrazándome—. No eres una inútil y no tienes por qué regresar con ese idiota. Nadie te ha encomendado tarea alguna. ¿Dónde está la Elizabeth valiente y fuerte que conocí?

—Se fue, se fue con Miguel Ángel. Ahora sólo quedo yo, y si no me esfuerzo perderé también a Rodrigo, y si lo pierdo, ¿quién sería capaz de amarme?

—¡Pero qué cosas dices, Eli! —exclamó Sandra sorprendida—. Muchos desearían amarte, muchos desearían tenerte porque eres una hermosa e inteligente mujer.

—No —dije en tono bajo y seguí llorando.

—Ven, Eli, ven conmigo. Voy a visitar a mamá pero puedes venir también. Quiero que vengas conmigo y no regreses con ese tipo.

—No, Sandy, debo hacerlo, debo regresar. Soy una tonta, soy una tonta por huir, ahora no podré arreglar las cosas. Rodrigo solamente está enfermo y yo debo ayudarlo.

—¿Arreglar? ¿Pero qué tienes que arreglar tu, chaparrita? Él es el que te golpea, cariño, él está mal, no tú. Mejor ven conmigo.

—Es por eso que debo ayudarlo

—No puedes hacer eso tú, debes preocuparte por ti antes que otra cosa.

Para cuando me di cuenta ya estaba en el camión camino a la casa de la mamá de Sandy. Lloré durante todo el camino y permanecí unos días en ese lugar. Ayudé a Sandra y a su madre a organizar los preparativos para la fiesta de Fernando, que cumplía años, y todas las noches platicaba con Sandy. Ella me decía que yo era una persona muy valiosa y que no debía aguantar a un tipo que me estuviera golpeando todo el tiempo. Me dijo que debía denunciarlo, que ella me ayudaría a hacerlo, pero yo tenía miedo, y aunque su consejo me parecía bueno, no estaba segura de hacerlo. Lo único que hice fue ir a un notario para escribir un testamento, pues no quería que si algo me llegara pasar, Rodrigo se quedara con todas mis pertenencias. La madre de Sandra oyó nuestras conversaciones sobre denunciar a Rodrigo, y un día que yo me quedé sola en casa con ella, me hizo entrar en razón nuevamente animándome a volver. Me dijo que ningún esposo era malo, que nosotras como esposas debíamos tenerles paciencia y tolerancia, que si él me golpeaba debía tener una razón y yo debía corregir los errores que lo hacían enojar, que si él había cambiado conmigo era porque yo había cambiado antes y debía pensar qué era lo que no hacía bien, pues el deber de una esposa era mantener a su marido contento. Así que esa tarde tomé un paraguas y me dirigí a la central de autobuses arrepentida por haber escapado, pues Rodrigo necesitaba de su esposa. Le dejé una nota a Sandra dándole las gracias y no le dije que regresaría a casa con Rodrigo, pues de haberlo hecho me hubiera ido a buscar y no quería meterla en mis problemas; le dije que iba a pedir un cambio de trabajo para alejarme de Rodrigo y partí.

Al llegar, entré con miedo a casa y me encontré con Rodrigo, que en cuanto me vio me abrazó pidiendo disculpas. Tal vez la mamá de Sandra tenía razón, Rodrigo no era malo, yo era la que debía averiguar qué era lo que estaba haciendo mal. Luego me dirigí al trabajo para justificar mi ausencia, pero una semana era demasiado tiempo y el director de la clínica me despidió, por lo que quedé a expensas de lo que Rodrigo me daba para gastar, lo cual fue desastroso, pues debía rendirle cuentas de cada centavo que gastaba y no podía comprarme ni un refresco sin su permiso. Quise buscar un nuevo trabajo, pero Rodrigo me lo prohibió: decía que él era suficientemente hombre como para poder mantener su casa y que su mujer no debía trabajar, por lo que desistí en mi intento y me atuve a lo que él me daba para gastar, porque a pesar de que el dinero era mío él había tomado el control de todas mis cuentas.

15. Un nuevo comienzo

Un día, después de ir de compras al supermercado para preparar la comida, encendí la televisión y me encontré con la sorpresa de ver una entrevista a Natasha.

—Todo lo que he logrado ha sido gracias a mi abuelo —decía ella sonriente—. Él siempre me impulsó a seguir adelante, ya fuera con regaños o con felicitaciones, siempre tratando de hacer lo correcto. A él le debo todos mis triunfos y le dedico todos mis logros, sin embargo hay una persona a la que también me gustaría agradecer, porque fue mi amiga y me ayudó en los momentos que más lo necesité, siempre corrigiendo, escuchando y haciéndome ver que a veces me equivocaba con el esfuerzo excesivo. —Natasha hizo una pausa—. Ella es mi mejor amiga, y aunque hace mucho tiempo no la veo me gustaría agradecerle también, pues sin ella probablemente no hubiera llegado tan lejos, hubiera desistido en el intento, vencida por la presión y el estrés de una bailarina de tan sólo catorce años, pues esa edad tenía cuando hice mi primera entrevista en televisión y mi primer tour. Por lo que si de casualidad esa gran bailarina a la que admiro tanto escucha, le diré: Elizabeth Finestan, te agradezco gran parte de lo que ahora soy y te digo que me encantaría verte de nuevo, pues los e-mails no me bastan y te extraño. —Natasha siguió hablando, diciendo cosas que ya no escuché por lo conmovida que estaba. Una lágrima recorría mi mejilla mientras el jitomate y los pepinos de la comida me esperaban en la tabla para ser partidos. Había una persona que en realidad me apreciaba y me extrañaba, que lo había dicho frente al público, frente a todo el auditorio de un canal de televisión y no que no sólo me apreciaba, sino que agradecía mi ayuda, me consideraba su mejor amiga y me admiraba. Cómo podía ser yo tan malagradecida con ella sólo mandándole e-mails y sin haber ido a verla más que a un sólo ballet. En realidad me sentí mal conmigo misma por ser tan mala amiga, pero también contenta porque me sentía valiosa para alguien por ser simplemente yo, y no por planchar o lavar bien. Ella me quería porque yo era una persona y no solamente una sirvienta a quien la gente pisa y además me admiraba, ¡me admiraba! A pesar de todos los defectos que solamente Rodrigo recalcaba. Entonces tuve otro momento de lucidez, como cuando decidí cambiar mi camino y fui a hablar con el sacerdote para que me diera su bendición, o como cuando huí y encontré a Sandy en la terminal de camiones. Sin embargo ese momento de buen pensar no estaba dado por el miedo después de una golpiza, sino por raciocinio puro, por el uso de la razón después de escuchar a Natasha. Me di cuenta de que Rodrigo no era una persona que valiera la pena, las personas que valían la pena eran aquellas que me apreciaban y me valoraban como Sandra, Natasha y Marco, y de quienes por estar junto a Rodrigo y por producto de sus prohibiciones, me había alejado bastante.

Dejé las bolsas del supermercado fuera, la fruta dentro del fregadero y los pepinos y los jitomates esperándome sobre la tabla, tomé la mochila que alguna vez había preparado para huir y pensé en ir a casa de Sandra. Quería pedirle dinero para viajar a Moscú y visitar a Natasha, incluso tal vez quedarme a vivir allá, pues si me mudaba de regreso con Sandy corría el riesgo de poderme arrepentir de nuevo y volver con Rodrigo. Si me iba a Rusia era más difícil que me decidiera a cruzar el océano para regresar. Lo primero que hice fue ir al banco para cambiar las cuentas a mi nombre y después me dirigí al aeropuerto y compré un boleto para ir a Moscú. Nerviosa subí al avión, todavía pensando en si era lo correcto dejar a Rodrigo a su suerte, sin embargo tomé la decisión de partir porque yo era una persona valiosa y nadie tenía derecho a golpearme. Nadie tenía derecho a degradarme ni a verme de menos, porque era linda, inteligente y exitosa. Era una mujer fuerte que estaba decidida a cambiar el rumbo del camino que alguna vez había errado. Yo no era como mi madre, que se había estancado y había caído, yo estaba dispuesta a enmendar, porque lo importante no es cuantas veces uno caiga o se estanque, sino saber levantarse y seguir adelante. Y eso era lo que yo hacía: me levantaba del hoyo, salía a la luz dando el primer paso que era alejarme de Rodrigo y aunque tenía miedo de hacerlo porque sabía que el siguiente obstáculo sería dejar de extrañar a Miguel Ángel, estaba preparada para hacerlo. Estaba lista para enfrentar mi pasado y decirle adiós a ese ángel guardián para continuar con mi vida, a borrarlo de mi presente y guardarlo como un bonito recuerdo que me permitiera seguir adelante sin estancarme.

Cuando bajé del avión recordé el terrible clima de Rusia, todo el tiempo frío. Enseguida fui a buscar a Natasha, quien seguramente debía estar ensayando. Cuando llegué a la compañía y admiré a los bailarines me dio tristeza no poder bailar, pero había prometido seguir adelante y no deprimirme, por lo que intenté controlar mis sentimientos. Había ido a visitar a mi amiga y no a entristecerme y deprimirme por algo que ya no tenía solución, debía darle solución a lo que todavía podía, como enderezar mi vida y volver a hablar con mis amigos, ser la Elizabeth emprendedora y alegre que alguna vez había sido.

Cuando Natasha me vio corrió contenta a saludarme y me llevó al centro del lugar llamando la atención de todos para presentarme.

—Escuchen todos —dijo agitada—. Ella es la gran Elizabeth Finestan, dueña de los papeles de Eva, Odette, y Giselle —les dijo a los demás—. Porque son tus papeles, Eli, nadie los ha podido caracterizar mejor de lo que tú lo hiciste —me dijo al oído y luego me dio un fuerte abrazo con una sonrisa en la boca—. El abuelo te extraña —me dijo cuando me dejó de abrazar—. Se encuentra en el sanitario, pero le encantará verte. —Natasha corrió hacia donde estaba la grabadora y puso la música del primer acto de Giselle—. ¡Mírame, Elizabeth! ¡Dime cómo lo hago! —me gritó al mismo tiempo que comenzaba a bailar y yo la vi entusiasmada y contenta.

En el acto dejé de ser la tonta de Elizabeth para transformarme en la bailarina que alguna vez había sido.

—¡Siente la traición que sintió Giselle, Natasha! ¡Con más sentimiento! —le grité emocionada al verla bailar—. ¡Acabas de ser traicionada por el amor de tu vida, imagina qué siente Giselle en esos momentos! ¡Conviértete en tu personaje! ¡Estás a punto de suicidarte por el dolor de la traición, expresa tu sufrimiento en el baile! —le decía yo mientras ella se esforzaba bailando, y cuando llegó al acto final, el que más me gustaba, me emocioné más—. ¡Recuerda que estás muerta y condenada a ser Willi, pero que es más importante salvar a tu amor! ¡Que se note tu súplica a Myrtha, tu preocupación por tu amado! ¡Recuerda que Giselle daría todo por Albrecht a pesar de la traición! —le gritaba sintiendo en el interior todo lo que le decía, sintiendo el dolor de Giselle, convirtiéndome en ella y queriéndole transmitir a Natasha lo que por dentro sentía, porque en esos momentos me convertía en Giselle, sentía su cansancio, su súplica, y su dolor—. ¡Con más empeño, Natasha! ¡Siente el cansancio de la pobre Giselle en el afán de proteger a su amado! —El acto casi terminaba y yo estaba parada con el corazón desbordante de entusiasmo y sentimientos encontrados, sentimientos que me llevaban de nuevo a los tiempos en los que bailaba y me hacían sentir viva de nuevo después de tantos años—. ¡Ahora estás cansada pero contenta! ¡Expresa tu satisfacción por haber llevado a tu amor hacia la luz y a la vida aunque tú tengas que ir al reino de las sombras! —Natasha terminó exhausta, yo me acerqué a ella y la abracé—. ¡Guau! —exclamó agitada y tratando de tomar aliento—. ¡Eres sensacional, Eli! —Entonces los demás bailarines comenzaron a aplaudir y se acercaron a mí para darme la mano.

—Ahora entiendo por qué tenía tanto talento —me dijo una de ellas.

—Creí estar viendo a Giselle en tu voz —me dijo otra.

Entonces se oyó una voz fuerte y de entre todos los bailarines que me rodeaban se acercó Alexandre aplaudiéndome y me abrazó efusivamente.

—¡Qué milagro y qué gusto verte! —me dijo esbozando una gran sonrisa en el rostro—. Eres excelente, Elizabeth, deberías ayudarme a entrenar a mis bailarines, jamás había visto a Natasha bailar tan entusiasmada, con tanto sentimiento.

Yo me sonrojé, pero no cabía la alegría en mi pecho. Me sentía contenta y completamente aceptada, era como si me encontrara en el lugar al que realmente pertenecía. Mientras yo platicaba con Alexandre los demás bailarines se quedaron felicitando a Natasha. Alexandre me pidió que le ayudara en su compañía, a lo que yo en un principio me negué explicándole que no quería sentirme una intrusa, pero él me dijo que un miembro de su familia jamás podría ser un intruso, y que la compañía necesitaba la fuerza y carácter de alguien para seguir llevando a los bailarines al éxito y mantener el prestigio que tenía. Me dijo que yo era la persona indicada para hacerlo, pues él se sentía cansado y su voz ya no era lo demasiado fuerte como para corregir a sus bailarines; yo le respondí que lo pensaría pero que por el momento podría ayudarle sin ningún compromiso.

Me quedé unos cuantos días en el piso de Natasha hasta que encontré una bonita casa y la compré, acudía a los ensayos con alegría y daba lo mejor de mí corrigiendo a los bailarines; le escribía casi diario a Sandra y a Marco contándoles sobre lo que hacía y sobre lo feliz que me encontraba, y me confesaba a mí misma que, aunque a veces pensaba en Miguel Ángel, su recuerdo ya no afectaba mi vida ni pensaba en regresar con Rodrigo; sin embargo no quería tener ninguna otra relación amorosa, era feliz en esos momentos y así quería continuar.

Llegado el momento me fui con la compañía de gira a representar *Giselle*, y durante ese periodo se me ocurrió decirle a Alexandre que estaría bien poner una pequeña escuela de ballet para niñas pequeñas con el fin de que de adolescentes pudieran integrarse a la compañía y ser exitosas. Natasha apoyó la idea y, al terminar la gira, me ayudó a componer los folletos, los carteles, los permisos correspondientes al gobierno ruso y toda la publicidad, para que la escuela estuviera lista para empezar los cursos; con el tiempo incluso tendríamos bailarinas becadas.

Cuando se llevó a cabo la inauguración, la escuela ya contaba con muchos alumnos pues en la publicidad se mencionaba que estaba incorporada a la compañía de Alexandre. Yo era una maestra estricta, pero las niñas me querían. En la escuela de ballet todo iba bien, y a pesar de que mi deseo no era tener una nueva relación sentimental poco a poco fui conociendo a un atractivo muchacho. Él era tío de una de mis alumnas y siempre pasaba por ella cuando las clases terminaban. Al principio veía sus ojos fijos en mí, pero no le daba importancia; pronto se animó a hacerme la plática, me preguntaba sobre el desempeño de su sobrina o sobre lo que unas zapatillas o un tutú debían tener para considerarse de buena calidad. Después me comenzó a preguntar por el ballet, cuáles eran mis obras favoritas y en cuáles había participado, hasta que se animó a invitarme a tomar un café. La conversación dejó de girar en torno a la danza o a su sobrina para volverse una conversación basada en mí, en mis gustos y en mi pasado. El muchacho era ameno, su nombre era Nikolay y era pintor y escultor, le encantaban las artes, la música y el ballet, era un chico dulce y un poco tímido. Comenzamos a frecuentarnos más, íbamos de campamento y podíamos quedarnos horas mirando las estrellas o las nubes, platicando de tantas cosas que a mí me interesaban sobre historia y cultura. Me contaba leyendas rusas y un poco de historia de su país, y lo que más me gustaba de él era su inteligencia, pues era una persona muy culta y sencilla, un chico bondadoso al que le gustaban los animales y la naturaleza, muy noble, una persona que parecía no estar maleada por el mundo, en realidad era alguien muy especial. Me preguntaba cómo era que alguien podía preocuparse tanto por los demás o cómo podía saber tanto de tantas cosas, cómo una persona de su edad podía parecer un niño, pues tenía la pureza de uno, y aunque a veces me molestaba que no actuara como un hombre, me encantaba que era como un filósofo, era pensativo y le gustaba cuestionarse a sí mismo sobre la más mínima cosa.

El día que nos hicimos novios fue encantador, pues me llevó al río Moscova y me contó una leyenda de amor rusa antes de declararme el suyo. Después de eso acepté emocionada ser su novia, sin embargo poco tiempo después me sentí como una traidora, pues lo engañaba a él por no decirle que estaba casada, y engañaba a mi marido por estar con él, pero me sentía tan bien que dejé ese tema de lado. Al fin y al cabo Rodrigo no me amaba, pues alguien no puede amar a quien maltrata. Nikolay me amaba y me trataba muy bien y aunque era muy diferente de la forma de ser de Miguel Ángel y no me lo recordaba en lo más mínimo, me gustaba y me atraía por su carácter tan excéntrico y peculiar. Nikolay parecía siempre distraído, pero me di cuenta de que eso era sólo una apariencia, porque estaba en todo, podía hacer muchas actividades a la vez sin perder la atención de ninguna, cosa que le gustaba hacer para sorprender a los conocidos, pues él podía estar leyendo, escuchando la radio, viendo la televisión y platicando al mismo tiempo, y yo me asombraba con su capacidad de concentración, de su gran inteligencia y de su prodigiosa memoria.

Nikolay decía que me amaba y tocaba el violín para mí cada vez que quería expresarme algo. Me escribía hermosos poemas y bonitas cartas. Nunca me regaló rosas o chocolates, pero componía canciones para mí y elaboraba curiosas manualidades con esas manos delicadas y suaves, raras en un hombre, y cocinaba para mí. Nikolay realmente tenía formas muy distintas de expresarme su amor: a veces tomaba tierra y me la daba diciendo que era una estrella que había caído sólo para mí; otras tantas me insistía a mirar el firmamento y me regalaba un espejo en el que según él tenía capturado el brillo de la luna para ofrecérmelo; o me regalaba una cajita vacía diciendo que su corazón se encontraba dentro y que sólo yo podía verlo. Con él hacía excursiones a lugares muy bonitos donde el fresco de las mañanas y el olor de la naturaleza inundaban mis sentidos, algunos de ellos me recordaban el viaje al Parque de los Cabañeros en Toledo, aunque la naturaleza y la vegetación eran muy diferentes. Nikolay era espontáneo, casi nunca planeaba las cosas, simplemente me veía y me llevaba a algún lugar que en ese momento se le ocurría.

En una de estas excursiones, por andar bobeando en el bosque, se nos hizo tarde y no caímos en la cuenta de una fuerte tormenta que estaba por caer, por lo que no era aconsejable regresar hasta que esta pasara. Nikolay tuvo que improvisar un refugio en una pequeña cueva que encontramos. Se apresuraba a meter leña y me animaba a ayudarlo, pero yo estaba emberrinchada; después de un rato estaba molesta y asustada, y no quería hablarle a Nikolay. Sin embargo, todo fue tan romántico a la luz de la fogata que me hizo contentar y disfrutar de la noche, con sus historias en nuestro pequeño refugio que él decía era una madriguera y actuaba como un animalito al moverse, haciéndome reír constantemente; lo único malo del lugar fue una pequeña rana que nos asustó a la mitad de la noche pasando entre nuestros pies.

Junto a Nikolay aprendí a montar a caballo, pues sus padres se dedicaban a eso; eran algo así como criadores de caballos y toda la familia sabia montar muy bien. Recuerdo que la primera vez que me subí tenía miedo, pero él nunca se alejó de mí, llevaba las riendas de mi caballo en la mano mientras montaba otro de los hermosos corceles.

Un día invitamos a Natasha a montar y jamás olvidaré lo divertido que fue ese día. Yo subí a mi caballo mientras Natasha escogía el suyo, por fin Nikolay y ella salieron y él hizo correr a su caballo, yo lo seguí y el caballo de Natasha también, pronto dejamos descansar a los caballos, pero Natasha seguía a pleno galope. Escuchábamos sus gritos pensando que se estaba divirtiendo mucho, pero en realidad estaba llorando aterrada porque el caballo no se detenía, y cuando lo hizo ella bajó inmediatamente, tan rápido que casi se cae y se dirigió enojada a Nikolay dándole una cachetada por haber hecho correr a su caballo y no haber acudido a sus llamadas de auxilio. Nikolay la abrazó y trató de consolarla mientras yo me reía a carcajadas diciéndole que nosotros habíamos pensado que reía. Un minuto después y al haber pasado el susto. Ella también rió y nos dijo que había pensado que moriría ese día pues pasó mucho miedo. Una vez terminado el incidente y ya con los caballos en sus caballerizas, entramos a tomarnos un chocolate caliente antes de volver a casa.

16. Enamorada de nuevo

Junto a Nikolay aprendí muchas cosas, entre ellas a montar, a pintar sobre óleo, a hacer esculturas en barro y a patinar en hielo, aunque esto última me costó mucho trabajo debido a mi lesión de la pierna. Cada cosa que hacíamos él la llenaba de romanticismo, como cuando hice mi primer jarrón de barro. Él tomó mis manos suavemente dirigiéndolas para que hiciera bien la figura, se paraba atrás de mí juntando su cuerpo al mío, dándome las indicaciones con cariño y al oído, con su mejilla pegada completamente a la mía. Y como siempre yo le daba un toque divertido a todo, decidí mancharlo con el barro con el que trabajábamos; él me atrapó para darme un beso. Teníamos las manos manchadas de barro y al acariciarnos nos manchábamos a aún más, pero no nos importó, por lo que completamente sucios, con rastros de barro en el rostro y la ropa, nos seguimos amando, una caricia tras otra, que poco a poco me fueron seduciendo, me fueron llevando a un ambiente encantado, a un cautivante momento en el que el artista encuentra a su musa, y la musa inspira al artista en un frenesí de sentimientos. Y aunque en esos instantes lo único que pasaba por mi mente era amar a Nikolay y devorarlo a besos como una vampiresa que ha encontrado a su presa y en ese momento me sentía completamente feliz como cuando estaba con Miguel Ángel, recordé a mi difunto y ese recuerdo conectó mi mente a otro que me hizo sentir culpable. Le había dado mi cuerpo y mi alma a alguien más, a alguien diferente de mi esposo, había pecado… Había caído en la tentación, en el deseo, en el cautivante deseo que hacía mucho tiempo no sentía, pues cuando hacía el amor con mi esposo lo hacía por rutina, por complacerlo, porque él no se enojara conmigo, por ser una buena esposa y mantenerlo feliz, pero hacía mucho tiempo que no lo hacía como lo había hecho con Nikolay, en el que cada uno de mis poros habían sentido algo, en el que mi mente era un torbellino y mi cuerpo pasión pura. Era como el amor que había vivido con Miguel, pero eso era ahora sólo un bonito recuerdo y en esos momentos con Nikolay volvía a vivir y a sentirme viva, a ser feliz otra vez.

Por otro lado me enseñó a pintar óleo. Yo admiraba sus fantásticas pinturas, que estaban enmarcadas y colgadas en los pasillos de su casa. A decir verdad, si él no me hubiera dicho que eran suyas yo habría pensado que eran de algún pintor famoso.

Algunas veces decidíamos ir a algún parque, donde nos sentábamos bajo la sombra de un buen árbol y me leía obras de autores como Emilio Salgari, Louisa May Alcott, Baudelaire, Musset, Molière, Mario Benedetti, García Lorca, Victor Hugo y por supuesto la gran obra de Miguel de Cervantes. Eso me gustaba mucho pues él tenía una forma de leer muy particular. Era como cuando yo me inspiraba en el ballet y sentía los movimientos de cada nota convirtiéndome en el personaje que representaba. A él le fascinaba leer y lo hacía con amor, sintiendo cada párrafo, cada frase, cada palabra que leía. Otros días nos dedicábamos a contemplar pinturas; él parecía fascinado con todas y me explicaba las técnicas usadas por los autores y con emoción me intentaba expresar lo que él sentía por cada una de ellas, lo que le transmitían, cosa que yo nunca entendí, pero a lo cual prestaba bastante atención porque me gustaba verlo tan emocionado y contento.

Mis días favoritos eran cuando él tocaba el piano o el violín, pues la música me recordaba al ballet, y él podía tocar desde obras de Salieri o de Bach, hasta obras de Chopin, Mozart o Beethoven. Me encantaba pasar el tiempo a lado de Nikolay pues era un soñador, un artista, un amante de la naturaleza, un genio y un romántico empedernido, siempre poniéndole todo su empeño y disfrutando de las cosas que hacía.

Un día, platicando con su madre, me enteré de que él siempre había estudiado en casa porque de niño había tenido una salud muy frágil, y era por eso que tenía ese carácter tan extraño, pues nunca había convivido con niños de su edad, y también por esa razón sabía tanto, había leído tantos libros y casi no tenía amigos.

Por las noches, cuando observaba mi cajita de música, pensaba en Miguel Ángel, en todas sus cualidades y en lo mucho que lo había amado, pensaba también en el tonto de Rodrigo y en el mucho coraje que sentía hacia él, pero también pensaba en Nikolay, en que era un chico encantador y que me fascinaba. Pensaba en lo mucho que lo quería, pero mi mente comenzaba a dar vueltas, pues sabía que estaba haciendo las cosas mal por estar casada y salir con él. Muchas veces pensé en contarle acerca de Rodrigo para dejar de mentirle y sentirme mejor conmigo misma, pero nunca me atreví a hacerlo. Sabía que de esa manera podía lastimarlo mucho y no sabía qué era lo correcto, pues si se lo confesaba, lo lastimaría, pero si no se lo decía, todo era un engaño. Y aunque ya no quería estar con Rodrigo, sabía que Nikolay tenía derecho a saber que yo era una mujer casada. Otras tantas veces no pensaba en Nikolay ni en la mentira, sino en el engaño hacia Rodrigo, pues a pesar de todo, él seguía siendo mi esposo, con quien me había unido ante los ojos de Dios en santo matrimonio y debía quererle y procurarle. Así que multitud de conflictos se desarrollaban en mi cabeza, pues sabía que mi deber estaba con Rodrigo, mi corazón con Nikolay y mi alma con Miguel Ángel. Era como si estuviera partida en tres, como si tuviera tres personalidades dentro de mí: una era la Elizabeth muerta, la que se había ido junto a Miguel Ángel, la soñadora, la Elizabeth que seguía viviendo en el pasado, la triste, la deprimida; la otra era la Elizabeth fracasada, la devota, la creyente, el ama de casa, la buena, la esposa; y por último estaba la Elizabeth desafiante, la que engañaba, la que mentía, la que tenía deseos de superarse y salir adelante, pero también la Elizabeth que era completamente feliz.

En Moscú me la pasé muy bien, sobre todo el Día de la Risa y el Día de la Mujer, que son festividades importantes. En el Día de la Risa el lema es «No te fíes de nadie el primero de abril», y la gente se la pasa diciéndolo en las calles, todos parecen muy alegres, los periódicos y las televisiones publican historias graciosas y chistes, y la gente se gasta pequeñas bromas mutuamente. Era como estar en un mundo distinto, en uno de esos mundos de cuento en los que los personajes viajan por puertas tridimensionales y llegan a mundos muy distintos, o como en la película de *Jack* que cada mundo tenía su oficio. Ese día el oficio de Rusia era hacer reír y vivir alegres y tal parecía que todos disfrutaban con gusto ese día, en especial los niños, que lo esperaban todos los años como se espera en Francia *Le jour du poisson*.

Ese día Natasha consiguió de un amigo que era policía un gas pimienta. Primero me encerró a mí en el vestuario de la

170

escuela de ballet haciéndome toser hasta casi vomitar, salí con los ojos rojos y casi sin poder respirar. Alexandre y los demás bailarines se reían de mí, y qué decir de Natasha, que estaba casi llorando de la risa, pero la broma fue para ellos cuando me hice la desmayada. El ballet me había dado la cualidad de ser una muy buena actriz, por lo que fingí tener un ataque de asma, me arrodillé aparentando no poder respirar más, Natasha y Alexandre se acercaron inmediatamente a mí con una cara de susto increíblemente graciosa. Dos bailarines más fueron corriendo por el botiquín para sacar un inhalador y dármelo, pero claro que no los permití llegar con él, pues actué un magnífico desmayo antes de que ellos llegaran. Alexandre corrió por el teléfono para llamar a una ambulancia mientras Natasha, preocupada, se quedó a mi lado. No podía permitir que le hablaran a los servicios de emergencia por una broma por lo que me levanté asustando a Natasha, quien pegó un fuerte grito y cayó hacia atrás. Después de eso no pude aguantar más y me eché a reír, ella me dio un golpe en el hombro molesta por haberla asustado de esa manera, pero al final rió también.

Por la tarde vi a Nikolay y pensé que era mi turno de comenzar la broma. Pero al verlo a él tan normal, como siempre, no pensé que se hubiera enterado de la celebración de ese día, pues siempre estaba concentrado en su mundo, y tal fue mi sorpresa cuando él me hizo la broma cuando yo había desistido de ella.

El Día de la Mujer es un día esperado por todas las amas de casa, en el que por un solo día los hombres hacen todas las tareas del hogar. Natasha era fanática de ese día, pues a pesar de que entre ella y su abuelo se repartían equitativamente los quehaceres del hogar, ese día Natasha abusaba un poco y además de poner a su abuelo a realizar tareas como lavar, planchar, trapear, cocinar y tejer, también lo maquillaba y lo peinaba haciéndolo ver como a una abuelita, tradición que decía ella tenía desde niña cuando esa tarea era muchísimo más divertida porque Alexandre se la pasaba replicando y quejándose de lo que su nieta le hacía, pero a lo que, con el paso del tiempo, se había acostumbrado. Eso no le quitaba la alegría a Natasha ni su ilusión al arreglar a su abuelo, al que después hacía actuar como una señorita. Al ver a Alexandre disfrazado ese día no pude evitar burlarme, acto que compensé comprando unas deliciosas empanadas para cenar.

El día de mi cumpleaños, Nikolay compró un gran pastel de chocolate, invitó a festejar a Natasha y a Alexandre, que me llevaron muy bonitos regalos, jugamos cartas y platicamos durante toda la tarde, y por la noche Nikolay me llevó al Festival del Hielo. Me quedé pasmada al ver las hermosas esculturas hechas en hielo, que me recordaban a las figurillas de arena que se hacían en México en playas como Puerto Vallarta. Las figurillas iluminadas con distintos colores eran encantadoras, todo un verdadero arte en las calles. Caminábamos junto a ellas admirándolas, yo estaba maravillada con todas y cada una de las bellas esculturas, todas me parecían increíbles, no había una que no mereciera mi admiración porque representaban el esfuerzo de cada uno de los escultores. Las lágrimas me brotaron de la emoción al ver la última escultura: se trataba de una bailarina con un corazón flechado al lado con las iniciales de mi nombre y las de Nikolay grabadas en el centro. Nikolay me dio un abrazo y un beso y me felicitó por mi cumpleaños. Yo no podía hablar de la emoción, esta vez realmente me había sorprendido. Mi escultor había hecho esa figurilla para mí en mi cumpleaños. Mi corazón saltaba de gusto esa noche, y mis ojos admiraban con amor aquella figura tan perfecta, con finos detalles hechos con amor por Nikolay sólo para mí.

Después del Festival del Hielo, la Fiesta de Ivan Kupala fue una celebración llena de misticismo y de encanto. Nikolay me llevó porque decía que era una bonita tradición, que él adoraba esa fiesta porque estaba llena de fantasía y que a él le parecía como un antiguo ritual que lo hacía sentir en la Edad Media. Me explicó que esa fiesta era originalmente un rito pagano a la fertilidad. La noche anterior al día de fiesta, la noche Tvorila, es considerada la noche para males, donde los niños participan en guerras de agua. Nos tocó que nos mojaran varias veces, y cada vez que lo hacían reíamos mientras veíamos a los niños escapar de nosotros corriendo. El día de la fiesta se prendió una gran hoguera. Nikolay y los demás hombres presentes saltaron sobre las llamas y Natasha, las demás mujeres y yo llevamos coronas de flores e iluminamos los ríos con velas. Entonces los hombres intentaron capturar las coronas de flores, todo esto con la intención de llamar la atención de una mujer, claro que Nikolay capturó la mía, y un joven alto y fornido capturó la de Natasha. Según la celebración, la prosperidad, la suerte, el discernimiento y el poder caería en quien encuentra una flor de helecho, por lo que nos encontramos con la gente del pueblo deambulando en la noche por los bosques en busca de hierbas mágicas y, sobre todo, de la flor de helecho, difícil de alcanzar. Nikolay nos explicó que las mujeres solteras que llevan sus guirnaldas en el cabello son las primeras en entrar en los bosques, y son seguidas por hombres jóvenes; por lo tanto la búsqueda de la flor del helecho significa la floración de las relaciones entre parejas de hombres y mujeres dentro del bosque. Fue un ritual que me agradó mucho, lleno de mística y metáforas, una verdadera belleza.

17. Los deberes de una esposa

Un año y medio después de haber llegado a Moscú, mientras hacía mis deberes en casa, recibí una llamada. Era la madre de Rodrigo, que había conseguido mi teléfono gracias a Sandra, a quien le había rogado para obtenerlo. Me dijo que su hijo había sufrido un accidente y estaba hospitalizado aclamando por mí. En cuanto la escuché le colgué el auricular nerviosa y temerosa; no quería recordar a ese hombre. Pero las llamadas siguieron: a veces era su padre, a veces su madre o su hermana quienes me pedían que fuera a verlo. Pero no iría aunque lo suplicaran, pues ese hombre me había hecho mucho daño, un daño que me había costado mucho reparar y no merecía que lo fuera a visitar después del trato tan despiadado que me había dado. Me había decidido a no contestar más las llamadas, pero un día un número diferente llamó y contesté. Mi corazón se desgarró cuando escuché su voz suplicante:

—¡Ayúdame, Elizabeth! —me dijo—. No quiero morir sin haberme disculpado contigo antes, por favor. Eli, ayúdame a morir en paz —dijo con una voz débil, casi delirante—. Te necesito a mi lado, florecita, quiero que lo último que vea sea la

175

belleza de tu rostro sonriente frente a mí, y que lo último que sienta sea tu mano tomando la mía para siempre. Porque eres mi esposa y nos unimos en sagrado matrimonio frente a Dios. Quiero que vengas y me des tu perdón para poder irme en paz, que me tomes de la mano y me pueda ir con la seguridad de que siempre me apoyarás y la pureza de tu alma me ayude a cruzar la obscuridad y alcanzar el Paraíso cuando el tiempo llegue. —Rodrigo tosió con esfuerzo—. ¡Por favor, florecita, ven! ¡Por favor, ven!

Le colgué el teléfono con lágrimas en los ojos. La voz débil y suplicante de Rodrigo me partía el alma, y aunque Rodrigo había sido muy malo conmigo, alguna vez lo había querido. No podía negarle morir en paz a un hombre arrepentido, porque Dios siempre perdona y el perdón es una virtud, por lo que hablé con Alexandre y le dije que me ausentaría una semana para viajar a México y visitar a un amigo que había tenido un accidente. Hice mis maletas metiendo ropa para tan sólo una semana, pues pensaba ver a Rodrigo uno o dos días y aprovechar el viaje para pasar a visitar a Sandra y a Marco, y me despedí de Natasha, de Alexandre y de Nikolay, diciéndoles que estaría de vuelta en una semana.

Tomé el avión destino a México y llegué al anochecer, por lo que me hospedé y al día siguiente salí camino al hospital donde estaba Rodrigo internado. Cuando llegué a su cuarto tomé un suspiro antes de entrar y al abrir la puerta me quedé impactada: tubos y aparatos rodeaban al pobre de Rodrigo. Me puse la mano en la boca del impacto y me acerqué cuidadosa. Él dormía, así que sólo me senté a su lado y, pocos minutos después, llegaron sus padres, que me saludaron y me agradecieron la visita. Me dijeron que había sido un accidente de motocicleta del que por poco no salía vivo, que había estado en coma dos semanas y que había despertado hacía poco sólo preguntando por mí. Yo acaricié su mano con cuidado y él despertó dirigiéndome una sonrisa. Salí del hospital ya tarde y fui a casa de Sandra, pasé la semana con ella y cuando fue tiempo de regresar a Rusia no tuve el valor de dejar a Rodrigo solo. Hablé con Natasha y le dije que me perdonara pero que no podía regresar, pues el amigo del cual les había hablado no era realmente mi amigo, sino mi esposo y que se encontraba muy grave. Ella, aunque triste, pareció entender y yo volví a mi antigua casa. Compré un auto para ir a diario al hospital, le llevaba cosas a Rodrigo, platicábamos, reíamos y veíamos los partidos de fútbol. Cuando regresó a casa le preparé una fiesta de bienvenida con todos sus amigos y algunos de sus familiares. Era tiempo de volver a Rusia, Rodrigo estaba mejor y era capaz de cuidarse solo, y yo comenzaba a extrañar a Nikolay, pero me pidió algo que nunca me imaginé. Me pidió que volviera al trabajo a la clínica, porque quería que yo fuera su rehabilitadora, pues era la única que quería que le ayudara. Pensé bastante acerca de la propuesta, pero era difícil realizar todos los trámites para trabajar en ese lugar; y además no quería comprometerme porque quería volver a Rusia, seguir con la academia de ballet, platicar con Natasha y Alexandre, pero, sobre todo, quería ver de nuevo a Nikolay, besarle, abrazarle, decirle una vez más un te amo y escuchárselo decir a él al oído como acostumbraba hacerlo, escuchar sus melodías y sus historias, y amarle.

Sabía que mi esposo me necesitaba, y sabía también que no quería lastimar a Nikolay, que mi deber estaba en México y los sueños en Rusia. Finalmente decidí quedarme un poco más de tiempo y ayudar a Rodrigo, por lo que le sugerí rehabilitarlo en casa comprando algunos aparatos que le ayudarían en un futuro, aunque yo ya no estuviera; pero poco a poco me fue conquistando de nuevo.

Las cosas parecían ir muy bien, y aunque extrañaba el ballet, me sentía muy contenta al lado de Rodrigo y me sentía bien sabiendo que podía ayudarlo, aunque cuando pensaba en Nikolay me sentía mal. Comprendí que a final de cuentas mi esposo era Rodrigo, había sido a él al a quien le había jurado amor y apoyo eternos, por lo que olvidé la comunicación con Nikolay, simplemente me desaparecí por su propio bien, esperando que mi ausencia no le afectara mucho.

Pensaba que tal vez el accidente habría cambiado la forma de pensar de mi esposo y sería una nueva persona que me apreciaría y ya no me golpearía, cosa que había deseado con fervor y por la cual había orado con una fe que no podía perder ahora que tal vez todo podía cambiar, ahora que todo iba a regresar a ser como era antes de ese día en el que un admirador me había regalado rosas, porque tal vez Dios había escuchado mis oraciones y le había dado una lección a Rodrigo para que cambiara.

Comenzamos con la rehabilitación una vez que se habían instalado los aparatos en casa. Los ejercicios eran muy parecidos a los que yo había realizado hacía años atrás, por lo que me sentía muy identificada con él. Lo animaba a continuar, a nunca darse por vencido, y le explicaba que sería un proceso lento pero que debía ser paciente. Él se veía entusiasmado al principio, pero llegó el momento en el que empezó a desesperarse, a pasar por esa etapa que yo también había pasado, cuando pensaba que todos esos ejercicios eran pura basura, que eran juegos que no ayudaban. Entonces se sentía desfallecer, pues a pesar del esfuerzo no encontraba resultados. Yo le ayudaba con los ejercicios, a veces me echaba la culpa a mí, decía que yo no sabía y por eso no mejoraba, sin embargo yo sí veía pequeñas mejorías en él y le explicaba de nuevo cómo funcionaba la rehabilitación, pero cuando se sintió más fuerte comenzó a golpearme cada vez que se enojaba consigo mismo o se desesperaba porque no podía realizar algo. Al principio lo amenacé con volver a irme pero él amenazó con quitarse la vida y que yo iría al infierno porque al suicidarse era como si yo lo matara por no haber querido apoyarlo. Él había perdido su empleo y sólo dependía de mí.

En cierta ocasión, durante los ejercicios, él intentó besarme, pero yo lo rechacé y él, cabizbajo, me preguntó que si ya no lo quería. Me dijo que debía recordar que había jurado ante Dios amarlo por siempre, y que él cumplía su juramento pues me seguía adorando; después de eso me sentí mal y accedí pero no sé si fue por temor a Dios o por lástima a Rodrigo, de lo cual me arrepiento, pues esto siguió ocurriendo.

Trataba de comprenderlo, sabía que él se sentía mal y que no buscaba desquitarse conmigo o golpearme sólo porque sí, como lo hacía antes, sino porque estaba pasando por un proceso de duelo y debía ser tolerante con él si deseaba seguir ayudándolo. Sin embargo, cuando estuvo completamente recuperado los golpes aumentaron. Todo parecía ser como antes, un tormento, y el valor que alguna vez había tenido para irme a Rusia se había esfumado. En gran parte porque no podía volver y ver de frente a Nikolay, aunque ese era mi deseo, pues después de haber cortado comunicación con él y haber desaparecido en la nada le debía una explicación. Debía decirle que estaba casada, y eso lo destrozaría, cambiaría su percepción de mí, de la Elizabeth que ya había formado en su mente. ¿Y si regresaba y le decía que estaba casada? ¿Y si se enojaba por eso y no volvía a dirigirme la palabra? Eso me destrozaría, tenía miedo de volver, de enfrentarme a él y confesarle la verdad. De explicarle por qué me había ausentado tanto tiempo y explicarle el porqué de mi mentira... No podía hacerlo, no podía enfrentarme a todo aquello, y por lo tanto no podía volver a Moscú. Y aunque

Natasha me escribía pidiéndome que volviera, que las niñas me extrañaban, yo no podía hacerlo, y menos cuando ella me contaba lo triste que Nikolay se encontraba.

Al cabo de un tiempo, Rodrigo se recuperó y mi vida comenzó a tornarse nuevamente una rutina sin que yo me diera cuenta, llena de terror, en la que soñaba con Miguel Ángel, en la que añoraba a Nikolay y odiaba a Rodrigo. Y pronto volvía a caer en el círculo vicioso del cual no podía salir, no sabía por qué lo hacía. No me encontraba con una explicación lógica por dejarme degradar de tal manera por un hombre cuando tenía a otro que me quería por las buenas. Sabía que estaba encadenada por él, por su imagen, por su gran parecido con Miguel Ángel, y no podía encontrar la llave de mis cadenas, que si bien estaba frente a mí, yo estaba ciega.

Muchas veces pensé en escapar pero nunca lo hice por el remordimiento de que él se suicidara y yo fuera al infierno. Y no fue sino hasta ese día en el hospital, cuando platicaba con la enfermera, que caí en la cuenta de lo errada que estaba al seguir a su lado, donde mi vida peligraba, y pensaba en aquel día clave en el que hubiera podido cambiar el sentido de mi vida si en ese momento hubiera dejado a Rodrigo. No sé en qué momento llegó a tal grado de degradación mi persona, y tampoco estoy segura de haber amado alguna vez a Rodrigo por ser él y no sólo por parecerse a Miguel Ángel, o si mi error había sido seguir consejos erróneos de algunas personas o sentirme comprometida a ayudarlo después del accidente, o tal vez haber confiado en que mis oraciones habían sido por fin escuchadas.

18. Reflexiones

Ahora tenía un bebé creciendo en mi vientre y no podía exponerlo al tipo de vida tan malo que yo llevaba. No quería que mi hijo sufriera una infancia tan tormentosa como la mía y debía hacer algo por ese bebé; definitivamente tenía que escapar y dejar en el pasado a Rodrigo. Esta vez estaba decidida a hacerlo y nada me lo impedía, porque esta vez el aliciente era muy grande. Quería que mi bebé tuviera una vida digna, llena de amor y alegría, no una donde el miedo está rondando a cada momento, a cada instante, y en la cual la muerte está al pendiente y a la expectativa, presta para cuando ocurra un descuido. Quería que mi hijo tuviera una familia cariñosa en la cual refugiarse ante cualquier problema, aunque sólo se compusiera de dos personas, él y yo. Una familia que le diera amor y sonrisas como los que hubiera recibido de Miguel Ángel; quería que ese bebé tuviera lo mejor de todo y eso incluía lo mejor de mí.

No le mencioné nada del embarazo a Rodrigo cuando iba a visitarme cargado de regalos, y les pedí a la enfermera y al médico que tampoco lo hicieran. Pedí que no hablaran con trabajo social acerca de mi situación de violencia intrafamiliar y la enfermera, sólo por ser mi amiga, guardó el secreto. Eso sí, me obligó a prometerle que me alejaría de Rodrigo. Me ofreció su casa y establecimos el siguiente plan: cuando me dieran el alta escaparía a casa de mi amiga enfermera, en donde iniciaría una nueva vida, una vida mejor para el bebé que esperaba.

El día que salí del hospital decidí ir a casa tan sólo a recoger mis papeles oficiales, que ya tenía apartados en una maleta de tantas veces que había querido escapar y me había arrepentido. Recorrí las calles con miedo y con sigilo, esperando no encontrarme a Rodrigo, sin embargo no había nada que temer, pues a esa hora él estaba en el trabajo. Entré a la casa vacía, saqué rápidamente la maleta y metí un par de prendas en ella, pero cuando salí Rodrigo se encontraba en la puerta.

—¡Pensabas escapar! —me gritó abofeteándome tan fuerte que me hizo doblar. Me quitó la maleta y la aventó al suelo jalándome del cabello para conducirme dentro de la casa—. No, Rodrigo, por favor —le decía quejándome del dolor a cada jalón—. No me lastimes, Rodrigo, no me lastimes —le suplicaba—. Por favor. —Entonces él me tiró al piso y comenzó a patearme—. ¡Querías escapar, zorra! ¿A dónde ibas? ¡Acaso ligaste con el doctor que tanto te cuidaba! ¡No! Él no se fijaría en ti. ¡Horrible cuerpo escurrido y feo que tienes! ¡Seguro ibas a huir con el conserje! ¡Puta! ¡Puta, ibas a escaparte! ¡Zorra desgraciada! ¿Es que acaso después de todos estos años no te has dado cuenta que me perteneces? ¡Inútil, no ves que nadie más que yo te haría caso! ¡Deberías estar agradecida por eso! ¡Yo te aguanto y tú mira cómo lo agradeces! —decía él mientras me pateaba con fuerza.

—¡Ya basta! ¡Ya basta! ¡Rodrigo, por favor, por favor! —le gritaba suplicante, llorando, tratando de cubrir mi vientre, temiendo que algo le pasara a mi bebito—. ¡Nadie te hará caso, zorra! ¡Zorra, puta! ¡Creíste que te ibas a salir con la tuya! ¡Ja! ¡Imbécil! —Y entonces mi visión comenzó a volverse borrosa, dejé de escuchar sus insultos para sólo escuchar ruido, y cuando el ruido se convirtió en silencio frente a mí se dibujó la preciosa imagen que tanto deseaba ver. Era Miguel Ángel, vestido de blanco, con sus bucles radiantes como en mis sueños. Me tomaba de la mano con una expresión de tristeza, pero a la vez de esperanza.

—Pronto terminará todo, amor mío —me dijo con su dulce y tierna voz que mostraba amor. Entonces todo se volvió negro, la imagen de Miguel Ángel se esfumó y me volví a desmayar como la última vez.

Desperté nuevamente en el hospital con la enfermera a mi lado tomando mi mano con ternura.

—Eli —dijo cuando me vio abrir los ojos.

—¿Y Miguel Ángel? —fue mi primera pregunta antes de caer en cuenta de lo que había pasado o del lugar en el que me encontraba—. ¿Y Rodrigo? —pregunté asustada cuando lo recordé—. ¿Y mi bebé, está bien? —pregunté tocando mi vientre.

—Lo siento, Eli —dijo ella bajando la mirada y sin dejar de acariciar mi mano—. Tuviste un aborto después de tantos golpes y tuvieron que hacerte un legrado. Lo siento, pequeña, en verdad lo siento.

Yo me puse a llorar, había perdido mi esperanza, mi aliciente, había perdido a mi bebito, a la criatura que crecía en mí y necesitaba de mis cuidados. Le había fallado a ese bebé incluso antes de que naciera, así como le había fallado a Miguel Ángel y a Sandra. A Miguel Ángel cuando no pude evitar su muerte y a Sandra cuando le mentí para regresar con Rodrigo. Le había fallado también a Natasha y a Alexandre en el ballet, también le fallé a Nikolay, que tanto me había querido, y aún peor, ahora le fallaba a ese bebito que ya ni siquiera existía por mi culpa, porque no había sabido cuidarlo bien, porque era una tonta, una inútil y nada más.

La enfermera se quedó a mi lado diciéndome que ahora en lo único que debía concentrarme era en recuperarme, que ahora que tenía pruebas podía denunciar a Rodrigo por homicidio, y ella y los médicos me apoyarían. Pero sus palabras eran sólo como ruido en mi mente, que estaba en plena tormenta de pensamientos que me torturaban. Me encontraba dentro de un huracán de sufrimientos en el que giraba y giraba sin césar sin poder salir de él, y tampoco pudiendo llegar a su ojo, donde me sentiría más tranquila. Todo eran nubes y niebla y a mi alrededor. La vida no tenía sentido, y si alguna vez lo había tenido había sido a lado de Miguel o por el bebé que había perdido. Si me había decidido a cambiar de camino, había sido por ese bebé; si había decidido ser otra persona, había sido sólo por mi bebito y ahora ya nada haría por mí. No tenía ganas de seguir con vida, porque cada vez que intentaba salir adelante algo pasaba y se interponía en mi camino haciendo mi vida miserable. No valía la pena seguir esforzándome y acabaría con el sufrimiento de una vez por todas, no quería seguir esperando a ver qué sucedía más adelante porque estaba cansada de esperar las cosas buenas y verlas solamente pasar fugazmente para seguir en mi cuarto obscuro, pero lo peor de todo era que no sólo las esperaba, sino que me esforzaba por obtenerlas y nada parecía dar resultados. Y aunque la vida podría ser distinta lejos de Rodrigo, ya no tenía ganas de seguir en ese mundo cruel y despiadado que me daba cosas buenas y como un juguete a un niño me lo arrebataba sin aviso. Y porque yo nunca pedí nacer, ahora pedía morir, morir y olvidarme completamente de todo, olvidar el dolor y reunirme con Miguel Ángel y con mi bebé en el Eterno Paraíso, y aunque sabía que el suicidio conducía al infierno, nada podía ser peor que lo que ya había vivido, pues mi vida había sido el verdadero averno, tal vez el mismo purgatorio, que era aún peor. Dios debía tener compasión de mí y mandarme con Miguel Ángel, él debía apiadarse de mí… y si no lo hacía, cualquier cosa era mejor que seguir con vida, pues mi vida era una eterna tortura y yo un ave en agonía.

Le pedí mi bolso a la enfermera y esperé a que fuera de noche para que se retirara, tomé una pluma y papel y escribí varias cartas de agradecimiento, cada una doblada por la mitad con el nombre del destinatario en letras grandes y visibles, nombres que para mí habían significado mucho, personas que a lo largo de mi vida me habían apoyado y de quienes me hubiera gustado despedirme. La carta dirigida a Natasha fue emotiva, la de Alexandre era para agradecer todo lo que me había dado y decirle cuánto lo admiraba. Le escribí también a Marco. Sin embargo había una carta especialmente importante para mí, la cual escribí con cuidado y dedicación, imaginado que, después de leerla, la persona involucrada me daría su perdón y yo podría estar en paz con ese pensamiento que me llegaba a la mente todas las noches.

Querido Nikolay:

Espero que mi partida sin aviso de Moscú no te haya afectado mucho. Debo decirte que todas las noches desde que llegué a México pensé en ti, en tus detalles y en el amor que me brindaste sin condiciones. Debo decirte que me enamoré de ti, que en verdad te amé, pero había un problema que nuca te confesé y que tal vez debí haberlo hecho antes de involucrarme sentimentalmente contigo; ahora ya no tiene importancia, pero creo que te debo una explicación y por eso ahora tomo el valor que nunca tuve y te lo digo aunque sea por medio de estas letras. Cuando te conocí yo estaba casada. No pretendía enamorarme ni tener ninguna relación, porque a pesar de que las cosas con mi marido ya no funcionaban, yo seguía siendo su esposa. Pero me enamoré poco a poco de ti, me conquistaste con tu extraña manera de ser, y quiero que sepas que estoy muy arrepentida por haberte mentido, pues en verdad te amé, jamás me olvidé de ti, siempre estuviste presente en mi mente y quisiera agradecerte todo lo que me diste y todo el tiempo que pasé a tu lado, porque fueron momentos encantadores. Gracias a ti mi roto corazón volvió a sentir, y reviví como mujer, como persona.

Quiero darte las gracias por todo y despedirme con un gran abrazo y un beso esperando que algún día me perdones por lo que hice. Recuerda que nada tuviste que ver, fueron problemas personales que llevaba cargando desde mucho tiempo atrás contra los cuales tú nada podías hacer. Con esto me despido, pidiendo perdón, esperando puedas dármelo, dando las gracias y deseando que tengas una vida llena de alegrías.

Con amor, Eli.

También había otra carta importante que escribí. Era la destinada a Sandra, a quien apreciaba, agradecía y le pedía un enorme favor.

Querida Sandra:

Te escribo para decirte cuánto te aprecio, para decirte que sin ti no hubiera podido llegar hasta donde llegué, que sin ti mi vida no hubiera sido la misma, porque siempre estuviste ahí para apoyarme, para compartir mis alegrías y para darme consuelo. Te pido una disculpa por haber regresado a casa cuando te dije que no lo haría, ojalá te hubiera hecho caso... Pero desgraciadamente no puedo volver atrás en el tiempo, por lo que ahora sólo me queda el presente y quisiera que me hicieras un último favor. Te pido que denuncies a Rodrigo

para poder hacer justicia, que lo acuses por haber matado a
mi bebé y por haberme golpeado, por haberme conducido a
tomar esta decisión después de todo el maltrato tanto físico
como psicológico, y que presentes esta carta como testimonio
para hacerlo. Quiero que recuerdes que todos mis bienes te
pertenecen: la casa, los autos, las joyas guardadas en el banco
en una caja de seguridad, y el dinero de mis cuentas banca-
rias, porque así lo establecí en el testamento que hice. Te dejo
la llave y la clave en este sobre. Quisiera pedirte que le re-
gales a Natasha mis objetos relacionados con el ballet, excep-
to la cajita musical de bailarina que quiero le pertenezca a
Nikolay, y todos mis libros e instrumentos de rehabilitación,
así como mi estatuilla de Esculapio, a Marco. Por favor, no
dejes que Rodrigo se aproveche de la situación y siga sien-
do el vividor que siempre fue, que no siga aprovechando lo
que siempre fue mío y por favor haz que se haga justicia por
mi bebé. Con esto me despido pidiéndote un último favor, le
des un beso a Nikolay de mi parte. Gracias por todo, Sandy,
y recuerda que siempre fuiste como una hermana para mí,
cuida mucho a tus hijos y espero que con mi herencia puedas
dejar ese trabajo al que tú te dedicas. Espero que encuentres
la felicidad que me fue negada a mí.

Con cariño, Eli.

Cuando terminé de escribir la última carta, las acomo-
dé todas en la cama, leí unas cuantas veces más la dirigida a
Nikolay sintiéndome mal conmigo misma, porque también la
había fallado a él. Entonces recordé el cuento sobre Bladoved
que Nikolay me había contado alguna vez en el bosque. Trataba
de una joven llamada Bladoved, la muchacha más hermosa jamás vista, nadie podía saber lo que ella pensaba ni quién era
dueño de sus pensamientos, pero todos los que la conocían, no

podían olvidarse de ella. Un día se vio obligada a casarse y a pesar de su dolor se casó diciéndole a su esposo que se convertiría en su mujer, pero que debía recordar que si alguna vez se atrevía a golpearla o engañarla la perdería para siempre. El joven prometió que jamás lo haría, al igual que Rodrigo lo había hecho, pero los años pasaron y el joven engañó a Bladoved y un día la golpeó. En ese mismo momento, una hermosa flor apareció en lugar de Bladoved. Su esposo lloró y suplicó por el perdón, pero ya era demasiado tarde. Siempre esperé tontamente que Rodrigo se arrepintiera y cambiara, pero ahora, como para Bladoved, era demasiado tarde para eso… y por mi culpa había sido demasiado tarde para mi bebé.

Saqué la foto de Miguel Ángel y le di un beso, subí a la azotea del hospital, imaginé el ballet, la conmovedora y triste obra de Giselle, en la que ella protege al amor de su vida hasta el final para evitar su muerte sin importar que ella estuviera muerta y condenada. ¡Cómo me hubiera gustado ser ella para proteger a Miguel Ángel de la muerte! ¡Cómo me hubiera gustado poder dar mi vida por él!, cambiarle el papel, haber sido yo la muerta y él el sobreviviente. Recordé el trágico desenlace de Romeo y Julieta, dos jóvenes enamorados como Miguel Ángel y yo, en el que uno muere por la tristeza de ver muerto al otro. Era así como me había sucedido a mí, yo era como Julieta, pues a pesar de físicamente seguir con vida, mi corazón y mi alma habían muerto con la partida de Miguel. Y por último recordé la música de *El Lago de los Cisnes* en sus últimos minutos, cuando Odette se suicida al ver que su príncipe había escogido a Odile en lugar de a ella; yo tomaba la misma decisión que Odette, porque al igual que ella quería dejar de sufrir.

Pensé en Sandra, en Natasha, en Marco, en los bellos detalles de Nikolay y mis últimos días en Moscú, los festivales, la diversión, las sonrisas y las caras conocidas.

Entonces me decidí, imaginé a Miguel Ángel por última vez, sus bucles rojos, su sonrisa, sus adorables pecas, su risa, su exquisito aroma. Y cuando mi mente terminó de divagar, dando un último suspiro, con la foto bien agarrada entre las manos, los ojos cerrados y la imagen de Miguel Ángel en mente, di mi último paso sintiendo el aire rozar mi rostro. Y al final del vacío no vi el suelo, sino a Miguel Ángel con los brazos extendidos para atraparme en un abrazo infinito.

11/18 ① 6/17